FEBRE DE CARNAVAL

YULIANA ORTIZ RUANO
FEBRE DE CARNAVAL

Tradução de Larissa Bontempi

© Editorial Humbert Humbert, S. L., 2022
© desta edição, Bazar do Tempo, 2024

Título original: *Fiebre de carnaval*

Todos os direitos reservados e protegidos pela lei n. 9.610, de 12.2.1998.
É proibida a reprodução total ou parcial sem a expressa anuência da editora.

Este livro foi revisado segundo o Acordo Ortográfico da Língua Portuguesa de 1990, em vigor no Brasil desde 2009.

EDIÇÃO Ana Cecilia Impellizieri Martins
COORDENAÇÃO EDITORIAL Joice Nunes
ASSISTENTE EDITORIAL Bruna Ponte
TRADUÇÃO Larissa Bontempi
COPIDESQUE Silvia Massimini Felix
REVISÃO Livia Campos
CAPA, PROJETO GRÁFICO E DIAGRAMAÇÃO Fernanda Ficher
ILUSTRAÇÃO DE CAPA Rafaela Pascotto
ACOMPANHAMENTO GRÁFICO Marina Ambrasas

CIP-BRASIL. CATALOGAÇÃO NA PUBLICAÇÃO
SINDICATO NACIONAL DOS EDITORES DE LIVROS, RJ

R821f

    Ruano, Yuliana Ortiz
        Febre de carnaval / Yuliana Ortiz Ruano ; tradução Larissa Bontempi. - 1. ed. - Rio de Janeiro : Bazar do Tempo, 2024.

      ISBN 978-65-85984-11-9

      1. Romance equatoriano. I. Bontempi, Larissa. II. Título.

24-94200
          CDD: 868.99373
          CDU: 82-31(866)

Meri Gleice Rodrigues de Souza - Bibliotecária - CRB-7/6439

25/09/2024   28/09/2024

BAZAR DO TEMPO
PRODUÇÕES E EMPREENDIMENTOS CULTURAIS LTDA.

Rua General Dionísio, 53, Humaitá
Cep: 22271-050 — Rio de Janeiro, RJ
contato@bazardotempo.com.br
www.bazardotempo.com.br

Quando apareceu em Santo Domingo, veio para casa num táxi todo amassado e nos trouxe coisinhas de presente [...], eu não sabia o que pensar dele. É difícil imaginar um pai.

Junot Díaz, *Así es como la pierdes*

Acontece que, às vezes, diante do que deve ser dito, as palavras se amolecem e pendem, flácidas e salivantes, como línguas de enforcado.

Severo Sarduy, *Cocuyo*

Até o corpo dizer chega	9
México e Cartagena	24
A magrela	28
Caleñita	41
Cinco cabeças	53
Vontade de Deus	59
Um papai inflável	63
Minha mami Checho é de água	70
Penico	82
Canoa do Riviel	95
Febre	104
Sabrosura	112
Uísque	129
Mama Doma	130
Baleias	138
Flor de verão	146

Até o corpo dizer chega

O mano Jota morreu, bateu as botas, disse meu papi Manuel quando veio me buscar na escola para me levar ao velório. Passei o dia todo nervosa, me brotava um devaneio que ia da boca do estômago até a língua, uma massa de lesmas subindo e descendo, anunciando algo denso. Denso como a voz dos vendedores ambulantes que vêm aqui no bairro de vez em quando e gritam pelos seus megafones roucos: compramosferro-velho, compramosgeladeirasvelhas, compramosfogõesvelhos.

Denso como a mamãe Nela dizendo que, quando a mana Marilú faleceu, ela despertou como se tivesse sido acordada com um balde de água fria na cara; é assim que a morte se apresenta, filhinha. Algo semelhante acontecia no meu corpo pequeno, uma massa que subia anunciando uma coisa que não dava para chupar com a língua para transformar em palavra.

Meu papi Manuel estacionou a caminhonete Ford velha perto do meio-fio no qual sempre me sento para esperá-lo. Eu podia reconhecer de longe o barulho daquela besta se aproximando, um ronco estranhíssimo com fundo de Lavoe a todo volume. O papai não se contentava com o ronco do motor, que também anunciava sua morte, mas tinha de apagar o fogo do ruído com a voz melosa de Héctor Lavoe saindo quase às patadas daquele alto-falante que também não funcionava lá muito bem.

Meu papi estava bêbado. Quase sempre toma seus uísques, mas dessa vez bebeu como as pessoas só bebem em velórios. Que merda, com certeza o mano Jota morreu, me disse a massa, que nesse momento era uma pedra rolando para cima pelos ossos do meu peito. O papai estava vestindo uma camisa preta de bolas brancas, umas calças pretas até a cintura e uns tênis brancos com uma mancha cor de café, como se fosse de cocô, na parte de cima, perto dos cadarços. As garotas mais velhas que estavam ao meu redor disseram olha esse coroa, até que ele é gostoso. Fiquei com raiva e me aproximei dele para que não fodessem com ele, bem que a mamãe Nela disse que as meninas agora já vêm com o tesão de fábrica.

Filhinha, seu mano Jota... filhinha, seu maninho Jota já era. Do fundo da voz rouca por causa da bebida que nasce da garganta desse papi não pode sair nunca uma notícia sem um risinho besta. Como a risada da Lupe naquela canção que ele põe às vezes no domingo à noite, a música que diz que ter febre não é de agora. Faz muito tempo que começou, e ria do nada, feito doida. Meu papi Manuel também ri do nada como seus ídolos, justo quando não pode fazê-lo. Por que ele ri, o que ele tem? Me espremi contra sua camisa, vomitando um choro espesso, veio de uma vez à minha cabeça o fedor da bebida, do tabaco e do perfume desse papi.

Ouvi ele chorando baixinho debaixo dos óculos marrons, levantei a cabeça para ver suas lágrimas rolarem até o bigode. A cabeça do papai Manuel tem o formato de uma lâmpada invertida, mas com um penteado afro cheio de cachinhos bem-feitos. A mami Checho não gosta do cabelo do meu papi Manuel, apesar de eu achar bonito.

O papai Manuel é um cara magro, tão magro que às vezes dá para ver seus ossos debaixo do pescoço, mas mesmo assim é forte a ponto de erguer os botijões de gás e de ter dado uma surra nos ladrões quando tentaram levar a caminhonete embora. Minha mami Checho também não gosta da caminhonete, sempre diz para ele vender essa matraca velha, que dá vergonha, mas o papai a adora e a chama de minha rainha, não adianta brigar por causa disso.

Como quase todas as pessoas da casa, meu papi Manuel também se destaca por ser cheiroso. As mulheres da minha casa são cheirosas e tão arrumadas que às vezes eu me olho no espelho da cômoda da mamãe Nela e me pergunto se sou uma mulher de verdade. Eu fedo. Muito. Desde que a mami Checho me pariu, manda eu me lavar de novo assim que saio do chuveiro. Esfrega minhas axilas com raiva e desespero, às vezes junto com o papai Manuel. Os dois esfregam tanto minhas axilas que logo depois do banho elas ficam latejando e mesmo assim começam logo a feder. Ai, a menina, por que será que fede a porco? Será que está doente ou só não sabe se lavar? Se perguntam e se culpa pela fedentina do meu corpo enquanto me esfregam debaixo da ducha fria, e às vezes eu choro. Não de dor, mas de vergonha, porque a mamãe Nela sempre diz que as mulheres não cheiram assim tão mal e o que que a menina tem.

E eu continuo fedendo a cebola e a mijo de gato em meio à comoção da mulherada que mora na casa da mamãe Nela, que não é a mãe que me pariu, e sim minha avó, mas ela odeia essa palavra.

Meu papi Manuel me enfiou na caminhonete para me levar à casa onde estavam velando o mano. Afundei no assento de couro vermelho, a única coisa em que meu pai não tinha investido e que, como ele dizia, em vez de dar uma aparência decente ao carro, parecia um puteiro de quinta categoria pronto para as putas dançarem. Eu nunca tinha visto um puteiro na vida, mas foi a primeira coisa que a mamãe Nela gritou quando o papi Manuel voltou da oficina, gritando de alegria com sua caminhonete tunada.

Meu mano Jota era lindíssimo, a pele negra brilhava como se o cara a polisse todos os dias antes de sair ao sol. Seus dentes eram como pedaços enormes de coco, e ele usava um tom de voz diferente para falar com cada pessoa, sobretudo com as mulheres. Sempre vestia branco e por isso a mamãe Nela perguntava se ele era bacana. Mas ele não se importava muito com o que ela pensava.

Todos os sábados de manhã, quando eu estava pronta para ir brincar, via o mano Jota saindo do banheiro do quintal da mamãe Nela com uma toalha branca amarrada na cintura. Antes de ir se trocar, pegava os tênis brancos e os passava n'água com detergente ou sabão, o que tivesse à mão na pedra onde as manas lavavam roupa; untava os tênis com isso e os esfregava com uma escova de dentes velha, um chuá-chuá cantarolando alguma música do Vicente Fernández enquanto erguia as sobrancelhas para mim. Quando os tênis já estavam limpos, ele os deixava em cima do teto do banheiro para secar enquanto ia se vestir. Camiseta com estampa de flor, geralmente vermelha, preta ou tigrada, calça branca até a cintura com pences, o que marcava o volume e a bunda, e um cinto branco para ajustar mais a pele da barriga. Ele penteava o cabelo afro com um pente fino, desses usados para tirar piolhos, e sumia pelos fundos da casa por aquela saída secreta, atravessando a cerca como uma pantera negra.

Eu também nunca tinha visto uma pantera ao vivo, mas era o que eu pensava quando o via rebolar, ajustando seu corpão para atravessar os arames farpados sem fazer barulho. Lá do pé de goiaba, eu observava assombrada a brancura dos seus tênis e suas calças sem manchas, e, embora eu jurasse que ele tinha encostado na cerca, nada machucava o mano Jota; nada parecia tocá-lo.

O mano Jota, que também não era meu mano, mas sim da minha mami Checho, me disse quando eu tinha três anos que eu devia aprender a dançar. Ele me levou com suas mãos negras e ásperas para o meio da pista: a sala de todos os dias, só que com os móveis dispostos de tal forma que havia espaço para toda a família. Para todos os rumbeiros. Naquele ano, como em todos os outros, o Carnaval começou em dezembro. Porque o Carnaval não é só em fevereiro e nos dias que o calendário aponta, mas é qualquer festa em que as pessoas passam a noite, e como o calor não para de assolar Esmeraldas por um segundo, você toma um bom banho de mangueira ou de balde e até agradece. E então, filhinha,

assim, pra frente e pra trás, filhinha, e a cintura,
isso, e o quadril,
Vai... que que ela tem, que tá com vergonha?
Não, sem vergonha, filhinha
um e dois
e assim pra
um lado e
pra cá e
dois.

Enquanto isso, do rádio grande saía a voz dos Los Van Van cantando "Aquí el que baila gana".

Meu mano Jota dizia que dançar é escutar com a cintura, filhotinha, só isso, olhe como os pés se mexem sozinhos. Não tem segredo: vamos e dois e dois e dois e isso. Isso, pra frente, filhinha, sem vergonha, que com vergonha a gente não chega nem à esquina. E mexa essa cintura, assim, mais duro, como eu estou fazendo. Olhe, filhinha, não, assim e pra trás e pra frente e ih ih ih iiiiiiisso.

Um dia antes do Carnaval, as manas, que não são minhas manas de verdade, mas as manas da mami Checho – mas que horrível que é a palavra tia e elas são jovens e não umas velhas de merda –, penteavam minha cabeça como aranhas. Faziam as trancinhas de Carnaval sentadas nas cadeiras da mesa de jantar de madeira e eu no chão, também de madeira; via os cachorros passarem, as horas, chegava o sono e elas continuavam com a tecedeira. Jogavam água e brilhantina no nosso cabelo, desembaraçavam tudo antes de começar a trançar e, assim que o penteado iniciava, só parava com o fim do mundo.

A mamãe Checho não gosta que ponham bolinhas coloridas no fim das tranças porque fica horrível. Filhinha, não vai andar assim como essas toscas do morro da Guacharaca, por isso só amarravam com elastiquinhos pretos, para que as tranças não desmanchassem. Como meu cabelo é comprido e cheio, às vezes eu pegava no sono e elas continuavam trançando: pegavam uma mecha da parte inferior da cabeça, a dividiam em três perninhas e entrelaçavam. Tudo isso em intervalos de leite achocolatado com pão, sucos de abacaxi e água para nos refrescarmos, rindo e elogiando meu cabelo, até que, um pouco depois do amanhecer, acabavam de tecer na parte de cima da cabeça.

Filhinha, não tem nada melhor do que uma mulher careca, te juro. Quando você crescer, vai arrasar, e se alguma vez cortar o cabelo, filhinha, me dê para eu fazer uma extensão. Sim, seu cabelo ficaria bonito também alisadinho, mas quando você for maior, porque essa química queima a cabeça e você ainda é novinha.

Nervosa e com as trancinhas suadas, dei meus primeiros passos de salsa diante da alegria do papai e da confusão da mamãe Checho. O bairro todo varava a noite, mas eu ainda não podia fazer isso, só escutava a rumba do meu quarto. E à medida que as horas passavam, a música subia mais nos morros. A música da moda era "La suegra voladora", do Sayayín, uma *champeta* colombiana incrível que já estavam berrando no bairro e também duas canções do grupo Saboreo: "La arrechera" e "La vamo a tumbar". Quando começava o refrão de "La vamo a tumbar", as pessoas enlouqueciam e era um pula-pula nas tábuas do chão. Até o corpo dizer chega.

Eu ficava possuída pela risada da Lupe quando escutava a letra, porque nunca tinha presenciado uma coisa tão sem pé nem cabeça como essa música. Por que o vocalista estava feliz que derrubassem sua casa? A casa que tinha lhe custado tanto trabalho, porque ele diz na letra:

esta casa que yo hice
pasando tanto trabajo.[1]

A música começa com um barulho, como de pássaros, com guinchos longuíssimos que o papai Manuel me explicou rindo que eram gaitas colombianas e não animais, depois a voz:

esta casa que yo hice
pasando tanto trabajo
tiene piso'e guayacán

---

[1] "esta casa que eu fiz/ dedicando tanto trabalho." (N.T.)

> *y paredes de chachajo*
> *esta casa del señor*
> *con amor y sacrificio*
> *pero el barrio está de fiesta*
> *y he invitado a mis amigos.*²

E depois muda o tom e com toda a segurança nos grita com seu vozeirão atingindo até a espinha dorsal:

> *hoooy la vamo a tumbá*
> *hoooy la vamo a tumbá.*³

As pessoas entravam numa espécie de transe e brincadeira, as paredes vibravam, a casa com certeza ia ser derrubada ao som do Saboreo. Eu ficava sentada no móvel imaginando as tábuas rachando, os quadros de retratos da Mama Doma e os enfeites caindo em cima das pessoas, que continuavam doidinhas dançando sob os escombros dessa casa grande; de cimento e madeira, com doze quartos, uma cerca grande cheia de plantas e um quintal com pés de manga, goiaba e fruta-do-conde. Imaginava que a rumba sob os escombros deslizava pela entrada, para além da cerca e destruía a caixa d'água. A única caixa d'água do bairro, construída pelo papai Chelo, que não é o pai que me fez, mas o pai que fez a mami Checho e que abastece o bairro todo com água.

Quem mais gostava dessa música era a mana Catucha, que também não é minha mana, mas a mana da mamãe Nela.

---

[2] "esta casa que eu fiz/ dedicando tanto trabalho/ tem piso de *guayacán*/ e paredes/ de *chachajo*/ esta casa do senhor/ com amor e sacrifício/ mas o bairro está em festa/ e convidei meus amigos." (N.T.)
[3] "hoje vamo derrubá/ hoje vamo derrubá." (N.T.)

A mana Catucha é rumbeira pra cacete, e para dançar essa música ela tirava as sandálias e seus pés negros e gordos se arrastavam nas tábuas lustradas com cera, brilhantes como a cor da sua pele. E toda a família, toda a mulherada, brincava. As saias e as cabeleiras se mexiam enquanto os homens caíam dos móveis, morrendo de ir.

Depois desses dias de Carnaval, em que aprendi a requebrar, a suar meu corpo ossudo e pequeno como um cavalo chucro, ninguém nunca mais me parou. Tomava banho dançando, escutando salsa ou a música do Sayayín, essa música que minha mami Checho odiava. Meu papi Manuel tinha me ensinado a gravar a música da rádio numa fita cassete para poder ouvi-la quando quisesse, e quando eu punha essa fita, a mamãezinha me pedia, por favor, que tirasse aquela merda, que fazia com que ela sentisse que estava sendo levantada pelas costeletas. E eu não entendia por que ela não gostava, nem dava risada.

Eu adorava a voz lentinha saindo da caixa de som e o pom pom, pom pom pom pom, pom pom de que meu papi Manuel reclamava, que os pretos colombianos tinham pegado essa mania com os jamaicanos. Eu ria e gostava de ver as pessoas curtirem a *champeta* no chão. Amava ver a Noris e as outras mulheres que limpavam a casa se jogarem umas em cima das outras cantando o *ya le cogí el maní a la suegra, le cogí el maní, ya le cogí el maní a la suegra, le cogí el maní.*[4]

O mano Jota também gostava de ver como eu decorava as músicas, filhinha, você sim tem um bom ouvido, deixa eu ver,

---

[4] "eu peguei o amendoim da sogra, eu peguei o amendoim, eu peguei o amendoim da sogra, eu peguei o amendoim da sogra, eu peguei o amendoim." (N.T.)

cante, venha cá, cante um pouquinho para mim, e eu soltava minha voz estridente para imitar o Sayayín:

la propia nubecita
la propia nubecita
se montaba en su nube
mi suegra en su nube voladora
cuando estaba bien chapeta
me la montaba a toda hora y
por eso le digo ya le cogí el
maní a la suegra
le cogí el maní ní
ya le cogí el maní a la suegra
le cogí el maní ní.[5]

Tomava café da manhã dançando quando ninguém me vigiava, me levantava da cama e mexia os pés e os quadris.

Depois, quando passaram os meses e meu mano Jota começou a enfraquecer como se algo invisível estivesse chupando seu sangue, e suas bochechas ficaram cheias de manchas cinzentas, e seus olhos afundaram como dois lagos invadidos pelo petróleo, eu soube que a dança também era sua forma de cura. Esquecimento em que o corpo sua tanto que deixa de estar raquítico, de cama e esquálido. Que transpira demais e expulsa os males só nesse instante, por isso tem mais é que dançar bastante, e todos os fins de semana. E ainda mais aos

---

[5] "a própria nuvenzinha/ a própria nuvenzinha/ montava em sua própria nuvem/ minha sogra em sua nuvem voadora/ quando ela estava bem nervosa/ ela montava toda hora e/ por isso estou dizendo que já peguei/ o amendoim da sogra/ peguei o amendoim da sogra/ peguei o amendoim." (N.T.)

domingos, para que o que for são fique no corpo a semana toda, e o que for doente vá embora.

Todas as mulheres do bairro morriam por ele e vinham procurá-lo, inclusive quando já era casado e tinha filhos.

Vinham mulheres de Pimampiro, Santa Rosa, Vuelta Larga e até de Quito. Mulheres de Limones e de Tumaco. Gordinhas de vestidos justos e sobrancelhas raspadas e depois, no espaço vazio da sobrancelha destruída, desenhavam uma linha tremida com um lápis marrom ou preto. Magrinhas dentuças e bundudas de cabelo comprido que me penteavam e me davam presentes. Que dançavam tão bem quanto ele nas festas de Carnaval, quando sua mulher ia para o bairro das irmãs dela.

Dançarino e tudo o mais, meu tio morreu jovem e bonito, embora mais magro e com essas manchas estranhas em todo o rosto e no céu da boca que eu conseguia ver, porque a peste que ele tinha não o encolhera. Quando a febre não baixou mais e ele não conseguiu se levantar da cama, perguntei para a mamãe Nela que que o mano tinha, que eu tinha direito de saber. Mas ela fingiu não escutar e continuou com seus afazeres.

Eu tinha oito anos quando ele morreu e ainda não era tão alta. Por isso conseguia ver o céu da boca dele, branquíssimo, como o interior dos cachimbos que o papai Chelo traz da fazenda que tem na ilha Tolita de los Ruano. O papai Chelo é claro, alto e musculoso; contrasta com toda a negrada da casa, inclusive com suas filhas, que não são claras, mas também não são pretas, são uma mistura mais próxima do manjar do que do chocolate, mas ai de quem disser que não são pretas. Pretíssimas, elas gritam.

O papai Chelo tem um nariz de tucano que todas nós herdamos, como se o tivessem calcado na nossa cara, e ele dizia sempre com orgulho e com seu sotaque estranhíssimo vindo das ilhas do Norte, mais perto da Colômbia do que do Equador, que era o primeiro homem do seu sobrenome que tinha sido feito por uma negra. Sempre havia risos reprimidos na mesa de jantar depois dessa frase. O papai Chelo é carinhoso comigo, mas não gostava muito do mano Jota. Às vezes gritavam e trocavam socos no quintal. Não me deixavam ver, mas eu sabia o que estava acontecendo, mesmo se estivesse surda.

Tudo isso me vinha à mente com o rosto afundado nos assentos de couro vermelho ofuscante da Ford velha, indo para o velório. Eu me lembrava do meu mano Jota conversando com as garotas do bairro na entrada da casa, quando elas o beijavam, com a desculpa de vir pegar água, dançavam ou entravam na caixa d'água como se ela fosse uma piscina e abaixavam a tampa. Eu às vezes pensava que iam sair ofegantes, mas saíam molhadas e empolgadas como se a caixa d'água fosse a praia de Las Palmas.

Comecei a sentir um medo horrível e uma gratidão interminável. Uma mistura estranha que ia comendo meu corpo, como o corpo da voz que sai das crianças ao declamar o poema: "Bairro Quente queima, queima Bairro Quente".[6] Eu estava queimando como alguma vez esse bairro queimou, desde as unhas dos pés: os pelinhos que tinha no dedão, as meias com o emblema da escola, os sapatos marrons de couro, a pele e os pelos compridos das panturrilhas. Os joelhos ferviam, começavam a se desintegrar. As chamas subiam pelas coxas, pela coluna e pela xoxota, para a queimação ficar aninhada

---

[6] Verso do poema "Canción del niño negro y del incendio", de Nelson Estupiñán Bass. (N.T.)

nos quadris. Senti a pele que cobria meus músculos virar chiclete no vermelho vivo dos assentos dessa besta que me transportava. Chorando de lado na janela do passageiro, imaginava o mano Jota dançando uma rumba infernal como o incêndio do Bairro Quente na caçamba da caminhonete.

Pari um desespero horrível que só me dá quando sobe minha temperatura e eu me ponho a correr como uma cadela no cio pela casa toda, desvairando, como brinca a mamãe Nela. Já não era nem a boca, mas a febre — que não é de agora, é de outro tempo — que falava por mim; disse ao meu papi que parasse a caminhonete e pusesse uma salsa para eu dançar, por favor.

Se comporte bem, filhinha.

Aids, seu mano Jota morreu de aids. Filhinha, pelamordedeus, isso não se comemora. E soltou sua risada de rato bêbado, que não me provocou nada além de ligar a chave da insistência. Quando o papi Manuel ri assim, sei que eu só preciso ficar louca para que ele faça o que eu quero. Gritei e implorei sem respirar, como um aracuã. No fim, ele cedeu.

Estacionamos a caminhonete na subida da rua Montúfar, a sete quadras do nosso bairro.

O bairro da rua Montúfar era cheio de crianças sujas que corriam sem sapatos. Nos fins de semana, como em qualquer bairro de Esmeraldas, os moradores põem alto-falantes na rua, enchem a cara de uísque no meio-fio, fecham a rua para jogar bola desviando dos carros, das caminhonetes e do ônibus que já tinha atropelado vários molequinhos. Paramos justo antes do cruzamento que nos aproxima da rua México. O papi Manuel abriu as portas da caminhonete e tirou um maço de cigarros do porta-luvas. Desci sem pensar, enquanto tocava a todo volume a campanada que convoca a pergunta mítica de "Aquí el que baila gana":

¿Qué lo que pasa aquí, ah?
¿Qué lo que pasa aquí, ah?
Muévanse, muchachos, pero
muévanse con ganas
muévanse sabroso pero
escuchen la campana.
Y que sigue el movimiento
cogido de las manos
dime si te gusta
lo que está tocando el piano.
Bailen bien aquí
el que baila gana pa'
que vuelvan
la próxima semana.

Pero bailen bien aquí
el que baila gana pa'
que vuelvan
la próxima semana.
Muevan la cintura pero muévanla hasta abajo
dime si te gusta lo que está tocando el bajo.

Que se baile que se siga que se gire sin parar
pero con cuidado, que la orquesta va a apretar.[7]

---

[7] "O que tá acontecendo aqui, ahn?/ O que tá acontecendo aqui, ahn?/ Mexam-se, rapazes, mas mexam-se com gosto/ Mexam-se com gosto, mas mexam-se com gosto, mas/ escutem o sino./ E assim segue o movimento/ De mãos dadas/ Me diz se você gosta/ do que o piano está tocando./ Dance bem aqui/ quem dança ganha pra/ voltar na próxima semana.// Mas dance bem aqui/ quem dança ganha pra/ voltar na próxima semana.// Mexa sua cintura, mas mexa até o fundo/ Me diga se você gosta do que o baixo está tocando.// Que dance e continue e gire sem parar/ Mas com cuidado, que a orquestra vai apertar." (N.T.)

E o que estava acontecendo? Meu mano Jota foi levado por algo chamado aids, que eu não sabia como funcionava, como quase tudo ao meu redor; era opaco para minha cabeça muito confusa. Comecei a dançar com o uniforme escolar e com os olhos fechados enquanto escutava o riso nervoso do meu papi Manuel, que estava soltando baforadas e me observando com cara de louco sentado no assento do passageiro.

As pessoas correram até a Ford ao ritmo da música, em coro, aplaudindo como focas e batendo o pé como uns fodidos, porque qualquer bobagem é um grande evento nesse bairro onde nada acontece, além de um menino descontrolado cruzando a linha do ônibus de Las Palmas de vez em quando.

México e Cartagena

A casa da mamãe Nela está localizada na divisa entre dois bairros, coisa séria. Do colégio Imaculada para cima, e quando digo coisa séria é porque tem tipo uma tela transparente entre o deles e o nosso, uma pequena linha que separa o bom do mau. Uma divisão que cresce nas palavras: hum, Filhinha, você não tem nada que ir fazer lá em cima, ou hum, Flor, não, meu amor, você só pode sair com a gente e nunca, meu amor, é sério, nunca nem pense em ir para esses bairros.

E eu sempre tenho vontade de saber por quê, já que estamos tão perto; nós, pelo visto, somos os bons e os da esquerda e da direita para cima, os maus. Vivemos na México com a Cartagena, na metade, entre dois bairros: o da esquerda, o Guacharaca, e o da direita, o 20 de Noviembre. Às vezes eu fantasiava que, na verdade, nós, os do meio, éramos os escrotos, que a polícia nos perseguia aos tiros — como uma vez vi o papai Chelo atirar num porco antes de assá-lo na fazenda, lá na ilha em que nascemos —, que não abriam as portas dos ônibus para nós ou nos expulsavam dos táxis quando dizíamos o nome do nosso bairro, mas não era assim. Há algo denso tecido entre esses dois morros que nos cercam, algo inominável que nos deixa na metade do transbordamento da delinquência e da filhadaputagem.

Às vezes, quando eu vestia um short de lycra muito curto, as garotas que limpavam a casa me diziam que o tirasse rápido, que logo, logo minha mami Checho ia perguntar por que estavam me vestindo como as toscas do Guacharaca. Ou, às vezes, as mesmas garotas, para se insultar, diziam que eram do Guacharaca ou do 20 de Noviembre, ou, ainda pior, da ilha Piedá, mas eu não entendia qual era a diferença entre eles e nós, o que punha em nós o véu de garotas boas e nelas o rótulo de putas, ou atiradas, como dizia a mamãe Nela quando eu estava escutando e ela não queria que eu aprendesse a falar palavrão.

Ela dizia, garotas teimosas, são umas atiradas quando veem homem, não? Mas eu sabia que dentro dessa palavra — como quando a gente abre um abacate às cinco da tarde, para esmagá-lo e comê-lo com açúcar, justo quando o sol vai caindo e as pessoas voltam da rua para casa como pássaros — se encontrava a palavra puta, como um segredo mal guardado. Puta, o caroço perfeito que descansa no interior do abacate.

Nossa casa, ou melhor, a casa da mamãe Nela, onde eu moro desde que nasci, é muito grande e muito estranha, ninguém pode negar sua beleza: dois andares, com seus doze quartos cheios de camas de madeira lustrada e dosséis com véus amarelos ou brancos ou rosados, sua sala gigante e cheia de móveis de madeira e enfeites estranhos, geralmente bonecas de porcelana que entregam de lembrança nos batismos ou festas de quinze anos, todas fechadas em cristaleiras de vidro e madeira, limpas, lustradíssimas pelas mãos da Noris, uma das garotas que limpam a casa. Que sempre são diferentes, muitas e novas, mas a Noris já ultrapassou o umbral de menina da limpeza e agora é como da família; embora esteja todo o tempo cozinhando ou lavando coisas, é da família, é isso o que dizem.

O que eu mais estranho no interior da casa não são os móveis nem os enfeites enjaulados, nem os tapetinhos que a mamãe Nela tricota nos fins de semana para colocá-los debaixo dos enfeites ou do telefone de rodinha vermelha que eu nunca vi funcionar. Não me assustam o forro de madeira nem as lâmpadas douradas penduradas como morcegos no teto, e menos ainda a lâmina plástica na parede com desenhos de linhas movediças que às vezes me dão tontura. Também não estranho as janelas dos quartos nem as da sala que dão para a cerca cheia de plantas de babosa, erva-cidreira, hortelã, limão, angélica, salsola, arruda, erva-de-santa-maria, artemísia, mático, sete-nervos e mentrasto, que a mamãe Nela utiliza para fazer sua garrafa curtida, para bater em alguém que vem espantado ou com mau-olhado. Eu acho isso normal, o que me faz pensar todos os dias é o quadro imponente da mama Doma que descansa em cima do aparador principal da sala.

O retrato da mama Doma me segue com seu olhar penetrante de qualquer ângulo da sala. Às vezes, para testá-la, corro da porta que dá na escada da cerca e me enfio debaixo do móvel. Conto um, dois, três, abro os olhos e ali estão também seus olhos pretos me olhando, tensa.

Há uma linha invisível que também separa o medo do respeito, como a que torna alguns bons e outros maus. Ela é como uma corda com a qual podemos pular e estar dos dois lados; algumas vezes no lado bom, e outras só estar onde calhou de os pés caírem, seja o esquerdo ou o direito. Sinto isso quando a mamãe Nela me fala de Deus, há uma linha que me faz temê-lo, e outra, respeitá-lo. Também tenho essa sensação que se expande debaixo dos meus ossos, que pulsa no meu sangue, do mesmo jeito, quando a mamãe Checho me conta esperançosa como a mama Doma salvou sua vida. A sala da mamãe Nela são os olhos da mama Doma, a mulher que pariu a mamãe Nela, ou seja, a mulher que pariu nós todas. Esses olhos sobre os móveis, a mesa de centro cheia de elefantes pretos e brilhantes que atraem sorte. Os olhos da mama Doma percorrendo as paredes e os porta-retratos em cima das mesinhas nos ângulos da sala, em cada canto, uma mesinha de madeira e vidro onde repousam sorridentes minhas manas, o papai Chelo, alguma formatura de um tio distante que nunca verei e outros rostos desconhecidos. Os olhos da mama Doma sobre nosso corpo quando almoçamos todos juntos sentados na sala de jantar, ou melhor, todas juntas sentadas na sala de jantar, porque os pais nunca estão. Estão os olhos da mama Doma, silenciosa, vendo cada um dos meus passos. Me dá medo fazer as tábuas do piso rangerem enquanto caminho, porque sinto nos ossos do pescoço o olhar da primeira Doma, que, por sua vez, é o olhar de Deus sobre meu corpo.

O olhar de uma deusa preta, pretíssima, sobre todas as coisas.

A magrela

Passo o dia todo trepada na árvore que fica no quintal da mamãe Nela, falando com as goiabas. Na verdade, falo mais com as larvas que vivem dentro delas. Pergunto-lhes como chegaram até o coração rosa dessas frutas, como tinha sido possível uma vida batendo dentro de uma goiaba, que não tem nenhum buraquinho por fora, nenhuma porta de entrada. Pouco tempo depois da conversa, enfio desesperada uma goiaba cheia de larvas na boca e a torno minha. Dentro, imagino a vida breve das larvas: uma vida invertebrada, branquíssima, que agora passa a fazer parte da minha barriga de garota ossuda. Termino satisfeita e às vezes não quero nem almoçar, e então começam os problemas.

Coma, filhinha, que você parece que vai quebrar, querida. Filhinha, coma que vai esfriar, que uma mulher magra, magrinha demais, é doente, filhinha, você quer que te gritem raquítica na rua? Não, por isso, filhinha, tem que comer. Mas eu evito comer, me dá enjoo. Penso nos animais sem ossos que viraram pedacinhos dentro do meu corpo, me percorrem toda e passam a fazer parte dos meus líquidos, do meu sangue. Eu os vejo saírem da minha xoxota, igual quando a cachorra do vizinho Remberto pariu perto do nosso pátio, e eu, como sempre de plantão trepada na árvore, visualizei o milagre do nascer cachorro partindo o corpo da mamãe à força.

A única que me convence a comer é minha mana Rita, uma das manas mais novas da minha mami Checho. Chamam a Rita de magrela briguenta, porque é magrinha e sacana. Tem cara de quem saiu de uma revista em preto e branco, uns olhos muito grandes que contrastam com a pequenez da sua boca. Sempre está azeda, mas não comigo; comigo é toda risadas e penteadinhos de chuquinhas coloridas e sopinha de colher na boca e me levar para comer com os garotos que dão em cima dela, que são muitos, porque a Rita é a mais bonita das filhas da mamãe Nela.

Para mim todas são bonitas da mesma forma, mas eu sei que ela é a mais bonita das filhas porque os garotos que se reúnem nas esquinas gritam isso pra ela quando passamos andando juntas a caminho da praia ou do mercado. Olhe que beleza, a filha mais bonita da dona Nela. A Rita só segura minha mão com força, fecha a cara e segue o caminho, com os ossos duros e o rosto enrijecido como a pele de um animal antes de ser colocada num tambor para ser batida para sempre, fazendo o milagre da música.

O que a mana Rita não sabe é que ela fica ainda mais linda quando está brava, e os gritos dos garotos só ficam mais e mais potentes nas esquinas. Uma esquina é isso, o lugar dos garotos, dos tênis e das camisetas largas, das bicicletas e dos chapéus *bucket*, mas principalmente dos gritos e dos assobios. Só as putas ficam nas esquinas, resmungava o papai Chelo. Então, para mim, os garotos que mexem com minha mana Rita não são nada além de putos. Putos, eu gritei para eles uma vez, e minha mana me disse que as meninas nunca abrem a boca para falar besteiras desse tipo.

Não deixam a mana Rita sair muito porque ela é muito bonita. Quando o papai Chelo chega da fazenda, está sempre em função dela. Rita, aonde é que você vai, não, olhe, suba. Rita, esquente a comida e ponha a mesa, filhinha, que você não tem autorização para descer. Rita, venha que estou falando com você. Se trancam no quarto e a mana começa sua gritaria porque nunca a deixam sair para passear e ela fica com raiva. Por isso, ela me leva para cima e para baixo, porque comigo, sim, ela pode sair.

Ela me diz, Ainhoa, vamos tomar um sorvete e comer um hambúrguer com um amigo lá no parque infantil, filhinha, ok? Vá se vestir, mas não fale nada, eu falo. Não é que você quer ir ao parque, pequena? A bebê quer ir, papi, eu levo ela para passear e brincar um pouco e depois trago de volta. Ou Flor, filhinha, vamos à praia comer uns camarões ou peixe empanado, vá se vestir. A Ainhoa quer ir à praia, papi, vou levá-la para tomar banho e brincar um pouquinho na areia e já voltamos.

E saímos com shortinhos jeans supercurtinhos e justos. Eu com meus óculos vermelhos translúcidos e o cabelo solto, porque a mana Rita é a única que sabe me pentear; o restante se cansa, porque, filhinha, essa menina, sim, tem cabelo, Jesus. Sei que minha beleza, mais próxima do noni do que dos humanos, nada se compara ao pôr do sol na seca que são os olhos da minha mana Rita. Uma energia gatuna tece seu rosto magro. Alguns homens ficam de queixo caído quando a veem passar, e eu sinto a tensão dos seus dedos lisos segurando minha mão ossuda.

Devemos parecer estranhíssimas, duas mulherzinhas raquíticas, grudadas uma na outra a caminho da praia.

Minhas outras manas, por outro lado, quando têm de enfrentar a presença do meu cabelo-medusa, só fazem tranças duras e me arrancam as mechas com o dentão, esse pente gigante que, só de vê-lo, já sei que vai começar a tortura e vou correndo até a árvore de goiabas.

Ninguém consegue me descer dali.

Minha mana Rita sabe me pentear. Primeiro me lava com xampu, depois passa bastante condicionador e me penteia devagar com os dedos, enxágua meu cabelão e passa bastante brilhantina e creme de tratamento para o cabelo. Meu cabelo brilha e me sinto quase tão bonita quanto ela.

Vindo da Cartagena, nossa rua, viramos e descemos a México.

Os amigos estão nos esperando no fim da México, na Immaculada.

Alguns têm carros; outros, motos ou bicicletas.

Outros só vêm a pé, com seus chapéus *bucket* e seus macacões, e geralmente são os mais bonitos. Garotos gatíssimos de pele parda sorrindo de emoção na frente da gata magrela que é minha mana Rita.

A gente vai conversando, porque eu gosto mesmo de falar feito uma desgraçada.

Eu me sento entre minha mana Rita e o amigo atual. Olho para eles e faço perguntas. Quantos anos você tem? É sério? Pensei que era mais velho, e como é seu nome?

Alguns me respondem, outros ficam me olhando com cara de doentes. Me dizem, filhinha, você não quer ir brincar sozinha na areia um pouquinho? E eu... quero não... quero ficar aqui. Mas, minha filha, as meninas não falam como gente velha e minha mana Rita diz para eles me deixarem, se não ela vai embora, porque ela tem o dinheiro para o táxi, e parem de encher o saco da menina.

Rita é magrinha de verdade, raquítica. Tanto que às vezes veste meus shorts. Tão magrinha que quando o papai Chelo está na fazenda, os amigos vêm procurar por ela e perguntam, oi, dona Nela, a magrela está em casa? Ou oi, senhora Nela, a ossuda da sua filha tá por aí? E sempre sabem que é a Rita, porque ela é a magrela invocada, a ossuda saborosa. A magrela gostosa.

Mas não dizem isso para a mamãe Nela, e sim para ela mesma, quando eu me afasto para o lado ou começo a brincar. Os garotos pensam que eu não escuto, mas escuto tudo. Porque, como diz o papi Manuel, a menina tem ouvido de tísico. Finjo não escutar e não ver as mãos deles nas pernas da minha mana, tentando subir como insetos quando a gente fica muito tempo parada sem se mexer ou sacudir.

Mesmo assim, ela quase não se deixa tocar, nem beijar, nem nada. Isso não está certo, você disse que queria sair para comer comigo, e eu estou aqui, mas você não falou mais comigo; falava com sua voz nasal e fininha enquanto punha seus óculos escuros, levantava e, bom, obrigada, vou embora. Vamos, filhinha.

Sempre comemos bem quando saímos juntas. Vamos ao Porteñito e todas as vezes eu peço a mesma coisa: um hambúrguer e um sorvete de amora com coco. Os amigos às vezes se assustam, porque caralho, sua sobrinha, essa come, e onde é que vai parar toda essa comida? Ou, filhinha, essa comida vai para o cabelo? E eu repito o sorvete e o hambúrguer, e mastigo tranquila enquanto eles ficam incrédulos.

Minha mana Rita solta gargalhadas e diz, sim, a filhinha come bastante, ela que é magrinha e pequena, mas bem elétrica, e é porque essa menina come muito. Mas é mentira, eu não como muito, só engulo o que eu gosto: as goiabas e os hambúrgueres, por exemplo. Ou a florzinha já sabe ler, quando escrevem umas porcarias para ela nos guardanapos e eu leio em voz alta, os caras se assustam.

Eu pego o guardanapo e leio:

"Minha rainha, como eu te faria sonhar, você será feliz nos meus braços", ou

"Corpo a corpo viveremos este momento tão belo,
nos deleitaremos do amor enredados no leito-quarto,
à meia-luz, você e eu, a sós,
e um único quarto para nós dois", ou

"Magrela,
seus ossos me enlouquecem,
não aguento mais um dia sem você,
venha dormir comigo,
pequena, não vai se arrepender."

E quantos anos tem essa menina que até já sabe ler?
    Às vezes eu pergunto para minha mana Rita por que esses caras escrevem coisas estranhas para ela, e ela diz, querida, é que estão apaixonados, devemos sempre ter cuidado com o amor dos homens, filhinha, um homem apaixonado é capaz de fazer qualquer coisa; de escrever idiotices, gritar, ameaçar, vigiar... Deus não queira, filhinha, Deus não queira que um homem se apaixone por você.

Alguns dos amigos da minha mana Rita nem me olham e não querem falar comigo, então eu começo a me desesperar como quando me dá o delírio da febre e fico enlouquecida. Durmo nas mesinhas dos carrinhos de hambúrguer com letreiros de neon para que minha mana me carregue e me leve para casa. Sei que a mana não aguenta meu peso, então durmo pesado para que eles carreguem meu corpo, porque como é que vão me ignorar?

A mana Rita não gosta de nenhum dos seus amigos, só quer sair para comer, ver a cidade, ver a praia ou, como ela me explica, aproveitar sua juventude.
Toda vez que voltamos da rua, a mami Nela pega a mana e diz abra a boca e a cheira. Cheira também o cabelo e o pescoço. Sempre que voltamos da rua, a mamãe está sentada na entrada de casa, na cerca onde ficam as plantas, e abre as ventas. Abre tanto que às vezes vejo o cérebro dela.
A mamãe Nela sempre sabe o que acontece, embora não esteja presente, sabe com qual amigo a mana Rita estava e diz: você está cheirando a homem, Rita, ninguém me engana, e a revista. Olha as pernas dela e enfia os dedos na garganta para ver se ela pulsa muito, porque se essa parte pulsa, é que já está tocada por homem. A mamãe sempre cheira todas as minhas manas e as revista na garganta, porque minhas filhas só saem desta casa casadas, caramba, grita quando vêm os amigos procurar alguma delas, em especial a Rita gata magrela osso saboroso.
Também revista a Noris e as outras garotas que limpam a casa e que às vezes são muitas, mas sempre diferentes, porque minha mami bota todas elas para fora. Ela as mandava de volta às suas casas por serem fedidas ou atrevidas. Atrevidas, só minhas filhas, e eu sei vigiá-las, mastiga falando sozinha, enquanto lava sua roupa numa tina marrom em cima da pedra do pátio.
Vale esclarecer que minha mana Rita não é atrevida, ela é só bonita demais. É tão bonita que às vezes parece que tem um tecido de toldo branco em volta dela, como se uma

energia estranha estivesse flutuando acima da sua cabeça. Como uma santa. É bonita e os garotos do bairro mexem tanto com ela que por isso é melhor que não saia, porque vão fazê-la se apaixonar na rua, minha filhinha. A mana Rita é tão bonita que sempre se mete em problemas sem procurá-los. Como na tardenoite em que os mariachis a levaram.

Era a primeira vez que ouvíamos ao vivo essas músicas e todos saímos alegres escutando e aplaudindo os senhores de chapéu largo e lycras pretas que marcavam a bunda deles. Descemos na cerca saltitantes, enquanto vinha devagar o garoto ruivo com sardas marrons, com um buquê de flores vermelhas igual ao seu cabelo.

Muito alto e ruivo, com umas calças pretas bem passadas, uma camisa azul com franjas brancas e um *bucket* que o fazia parecer uma mistura de bancário do pescoço para baixo e cantor de tecnomerengue do pescoço para cima, lindo como Sandy & Papo.

O sol estava se pondo perto do morro da Guacharaca, toda a atmosfera era excepcionalmente vermelho-alaranjada. Seguíamos saltitantes quando atrás do rapaz ruivo que tinha um nome estranho, algo como Rolon ou Rolin ou sei lá o quê, apareceu o nariz queimado de sol do papai Chelo, com os sacos de coco seco e coco verde. Com os abacaxis e os homens que carregam os sacos por cinco sucres. Olhou para todas nós com desprezo e cuspiu perto dos mariachis. Boa tarde, bonita a festa, escarrou subindo as escadas de madeira.

Como não disse nada, todas nós sabíamos que a coisa tinha ficado feia. Esse era o tipo de medo ao amor dos homens do qual a mana Rita tinha falado. Todos os caras a adoram e sofrem por ela, fazem o que for possível para que ela os note, coisas estúpidas e também ruins, eu nunca presenciei nenhuma delas, mas intuo, no medo dos olhos gatunos da minha mana magrela, a gatinha briguenta.

A única coisa que eu vi é o amor desmedido do papai Chelo por ela, um amor que faz a Rita ficar vermelha e chorar se arrastando pelo chão quando ele a tranca no quarto. Eu sempre fico inquieta, mas as outras manas da mamãe Nela ensurdecem e se enfiam nos seus afazeres de costura ou preparam coisas para suas aulas. De qualquer forma, não sei por que ela chora assim e às vezes, quando o papai Chelo vem da fazenda, a mana Rita não quer nem sair do quarto nem vê-lo, mas ele sempre entra lá para tirá-la, para obrigá-la a ficar na presença dele.

Eu logo soube, o amor dos homens pelas suas filhas é o mais terrível.

Nessa tarde, a mana Rita desmaiou tremendo no chão perto da cerca. As outras manas estavam se mijando, mas não iam subir na casa de jeito nenhum.

Mano, vá embora, desculpe, é que a magrela fica assim quando está apaixonada, disse a mana Antonia, a mais inteligente de todas as manas, a que sempre tem a palavra certa para se livrar dos problemas.

Acabou a festa e, em fila, como se estivessem indo a um velório de uma mulher que mal conheciam, as manas subiram à sala familiar e o papai Chelo estava sentado ali. *Seu* Chelo, como é conhecido no bairro, Chelito ou *seu* Rúa, como dizem os que mais têm medo dele. Eu, que não tenho medo de nada, sempre pulo em cima dele e ele ri, mas dá medo.

Eu sei disso porque todas as manas suam frio quando ele chega. Caminham silenciosas, bom dia, papai; boa tarde, papai; boa noite com a cara pálida e o olhar fixo no dedão do pé.

Os shorts são escondidos no fundo falso das gavetas, bem no fundo, e aparecem as saias longas, as camisetas soltas, os coques para trás e sem brincadeiras.

Mas sempre sabiam quando ele chegava, porque a mana Catucha, que tinha telefone, toda vez vinha gritar que *seu* Chelo mandava dizer que botassem a água para o café, que ele já estava chegando. Quando isso acontecia, as manas corriam feito doidas, arrumavam o que já estava superarrumado e lavavam as coisas limpas, e cortavam as carnes dos dedos porque já não tinham unhas de tanto roê-las esperando o papai.

Mas dessa vez ninguém avisou e as manas estavam com as pernas bem de fora, de shortinhos jeans e calcinhas fio-dental por baixo. As manas vestiam blusinhas que deixam o umbigo aparecendo e franjas de cachos na frente da testa. As manas diziam para o Rolin ou Rolon, ou o cara do mariachis que sim, mano, pode chegar e se declarar para a magrela porque o papai não está em casa, não vai dar em nada.

E assim, tentando esticar a roupa minúscula, subiram.

Subimos.

Eu também queria estar presente e fazer parte da bronca.

O papai Chelo me chamou, Ainhoa, venha, filhinha, sente aqui. Me subiu nas suas pernas e cheirou minhas mãos.

Filhinha, vá e diga para sua mana Catucha que o papai Chelo mandou te dar banho e que você fique um pouquinho em casa, que seu papi tem que falar com as manas, essas meninas são grosseiras e não respeitam a casa. De imediato intuí o sangue e o chicote marrom escondido na última prateleira da cozinha e comecei a chorar, porque quando eu choro o mundo para e as pessoas se juntam ao meu redor tentando me acalmar. Chorava e dizia, engolindo o ranho, que eu estava limpa e que não queria ir para a casa da mana Catucha, porque eu queria ficar ali, papito Chelo.

Minha mami Checho subiu vestida de secretária como sempre e ela mesma ficou trêmula e começou a puxar a saia de pano e a esconder as meias de náilon.

E é assim que você vai trabalhar, Checho?

Vá, chame a Catucha, para ela levar a menina, que eu tenho que resolver essa putaria de uma vez. Ficou de pé e tirou o cinto, puxando-o da fivela como um raio, como se o cinto não servisse para segurar as calças, mas fosse sua espada, uma faca ou uma arma parecida.

A mana Catucha já estava me esperando na soleira da porta, mastigando a boca vazia, como uma vaca, um gesto estranho que ela sempre faz. Venha, florzinha. Segurou minha mão e me levou até sua casa, que ficava a uns dez passos da entrada da casa da mamãe Nela.

Pôs uma música altíssima, eu sabia que minhas manas estavam apanhando. Me mijei, chorei de soluçar e mesmo assim não me deixaram ir para casa. Mais tarde, a mami Checho veio me ver com meu papi Manuel, ambos estavam com a cara triste. Como quando você rabisca um rosto sorridente numa parede de blocos sem reboco com um pequeno giz de cera, uma careta de alegria impossível e desnecessária.

Obrigada, mana Catucha, por cuidar da bebê, já vou levá-la.

Mas não fomos para a casa da mamãe Nela, e sim para a loja de espetinhos de um amigo do papi Manuel na praia. Florzinha, vamos morar em outra casa muito bonita, só para nós. E eu, perturbada, perguntei: nós quem? Minhas manas e vocês? Não, filhinha, nós: o papi Manuel, eu e sua maninha, que é bebê e precisa do próprio espaço, assim como você também precisa. Mas na casa da mamãe Nela eu tenho meu quarto. Mas aqui você também vai ter seu quartinho, filha, seremos só nós, para ficarmos mais tranquilos.

Eu me pus a chorar outra vez, mas em silêncio, não soube por quê. Talvez eu tenha começado a murchar aí, nessa confusão que vira uma salada na minha cabeça, porque depois disso eu não pude mais ser criança, embora meu porte, meu rosto e minha idade sejam, mas de um jeito diferente. Nunca mais chorei alto nem mijei no chão para que me obedecessem, só as lágrimas escorriam idiotamente pelo meu rosto.

Dormi num banco do restaurante de espetinhos enquanto meu papi Manuel dizia a seus amigos como o papai Chelo era louco com minhas manas e que eles não podiam mais se fazer de loucos.

Que o papai Manuel tinha tirado o cinto do papai Chelo e que quase se bateram. Que o papai Manuel tinha chegado cedo por coincidência e que também viu sua mulher com medo e subjugada.

Não, senhor, não se faz isso de bater nas pessoas.

Eu também sou do campo, desgraçado, e meu pai nunca me deu uma chicotada, por acaso a gente é cavalo? Deus não queira que esse senhor levante a mão para minha filha, porque aí sim que eu o estraçalho. Meu papi contava isso enquanto bebia, e minha mami Checho só ria baixinho. Talvez estivesse envergonhada; é difícil saber o que a mamãe sente, porque está sempre trocando de energia, mudando os ânimos e os gestos. Nunca é a mesma.

Pouco tempo depois, o papai Chelo ficou na fazenda e não veio com frequência para a casa da mamãe Nela. Dizem que arranjou outra mulher, mas sua presença é notável na casa inteira, em todos os enfeites e prateleiras. Na sua roupa, que a mami Nela manda a Noris lavar e passar, por mais que ninguém esteja usando; no lugar da ponta da mesa, o principal, onde continuam servindo um prato brilhante e transparente e uns talheres recém-lavados e polidos.

Todas sabíamos que ele ia voltar.

O amor terrível dos homens, o amor terrível de um pai pelas suas filhas sempre volta.

Caleñita

A mana Antonia me ensinou a memorizar poemas longuíssimos para declamá-los nas reuniões de família. Não só para declamar e para que ela fique bem na fita, mas para aproveitar a vida. Por exemplo, o poema "Remberto", eu não decorei inteiro, mas começa com esse nome ecoando. Ela me diz, querida, não fale, sinta. Um poema deve ser sentido, filhinha, como é que você vai recitar um poema como se estivesse falando qualquer bobagem? Não, meu bem. E fique de pé e levante os braços como uma bailarina ruim de flamenco. Mexa os braços e entone tanto as palavras que parece que está falando em outro idioma. E eu a imito e também falo alto. Mastigo as palavras. Eu as mordo como ela faz, como se estivesse chupando, devagar, uma grande manga madura.

Quando esse poema se aninhou debaixo do meu cabelo, ela me disse venha, querida, me deixou de pé na cerca que separa o quintal da casa da mamãe Nela e o quintal do vizinho. Ela me deixou ali de pé e saiu correndo para dentro de casa. Da janela, ela assobiou fiiiiiiu, filhinha, já. E eu comecei a gritar:

Remberto em borbón
tu, que nasceste entre túmulos e guaduas[8]

---

[8] Variedade de bambu nativa dos Andes colombianos. (N.T.)

E logo depois ela fiiiiiiu, filhinha, mais alto.

E eu continuei gritando esse poema feito uma cadela parida, só para atazanar o Remberto, o vizinho Remberto, o pai do garoto ruivo chamado Rolin ou Rolon. Remberto, o esposo de uma professora do jardim de infância ao qual a mamãe Nela me levava para praticar a escrita desde os três anos, porque também trabalhava como professora ali.

A mana Antonia é a filha inteligente da mamãe Nela. Não é que as outras não sejam, mas ela é a inteligência em carne e osso, o que é basicamente poder controlar os números e as letras à perfeição. Dizem que ela aprendeu a somar, multiplicar e dividir no mesmo dia e que aos três anos já sabia ler e escrever. Desde os dez anos ganha uns sucres ensinando matemática e contabilidade aos vizinhos menores e às vezes até para os mais velhos, só que, como agora já é mais mocinha, a mamãe Nela só deixa que ela ensine matemática para crianças da escola para baixo, porque logo os homens vão estar assediando minha filhinha.

Ela sempre tem um sorriso no rosto e um timbre de voz impressionante; parece uma mulher mais velha e sagaz metida no corpo de uma garotinha. É bonita, tem o cabelo frondoso, os seios parecem peras e seu sorriso é brilhante, mas não tem bunda e isso é um problema. As outras manas sempre enchem o saco dela e zombam do seu corpo chato, porque a bunda é quase uma exigência entre as pessoas. Pelo que entendi, pode faltar tudo, menos a bunda. Eu também ouço muito filhinha, coma sua banana-verde todos os dias para que, mesmo sendo magra, você tenha bunda. E assim eu faço, mas continuo seca como uma garota desnutrida. A única coisa que cresce no meu corpo é o cabelo, a bunda ainda não brotou.

Mas a beleza da mana Antonia passa despercebida quando ela se põe a falar de poemas e canções românticas das divas italianas, espanholas ou argentinas. Os garotos ficam entediados, começam a bocejar e a coçar a cabeça e, por fim, saem correndo quando ela menciona o livro de poemas. Talvez seja seu jeito de escapar do amor terrível dos homens, não sei, mas adoro escutá-la.

Entro numa espécie de transe que voa pelo meu cérebro.

Ela tem um livro verde, uma antologia de poemas espanhóis e mexicanos que carrega como um deus, como um santo que você não pode soltar, senão ele leva seus pais, seus filhos e seus cachorros. Leva seu marido, o dinheiro que você não tem. Te deixa na rua. A mana Antonia decorou todos os poemas desse livro, e eu vou pelo mesmo caminho, porque ela me ajuda com minhas tarefas da escola, enquanto a mamãe Checho e o papai Manuel trabalham para fazer a bendita casa nova onde seremos felizes. Entre uma tarefa e outra, me chama, querida, venha, vamos ler um pouquinho.

Deitamos na rede, ela com o livro e eu com a esperança de escutar a voz que morde poemas. Para mim, a voz da mana Antonia é como a dos senhores importantes que gritam na rádio. Como os senhores do programa esportivo que o papai Chelo escutava enquanto dormia com a boca aberta e a camiseta no pescoço.

Minha mami Checho não gosta de escutar o programa esportivo, sempre que chega cedo do trabalho e alguém deixa o rádio ligado por engano na hora do almoço, ela o desliga desesperada. Não ponham essa porcaria, me traz lembranças ruins. Jesus, me lembra quando me deixavam na fazenda sozinha e sem comer, esperando meu pai. Olhem, não liguem esse rádio. Mas a voz da minha mana Antonia seria mais linda saindo do alto-falante do rádio do que a voz dos senhores que faziam a mamãe Checho se lembrar da fome da fazenda.

A mana Antonia é como uma louquinha bem-comportada, louca e boa ao mesmo tempo. Uma mistura estranha que me mata de rir. Fazemos as tarefas juntas, as dela e as minhas, e as tarefas de algum dos meninos do bairro que vêm pedir ajuda porque ela é muito inteligente, e também fazemos jogos muito estranhos e loucos que sempre têm a ver com boa memória e astúcia.

No andar térreo da casa da mamãe Nela, há um apartamento amplo com dois janelões de madeira que dão para a cerca. Ali morava uma tia distante, a tia Caleñita. E digo tia porque ninguém a conhecia muito nem bem. Só sabíamos que tinha ficado meio cega porque era bem mais velha e que seu marido, um antigo militar muito mais jovem do que ela, roubava seu dinheiro. Roubava todo o dinheiro que ela recebia da produção de umas terras no norte da província.

O marido parecia um pouco o professor Girafales, mas com sotaque colombiano. Na verdade, eu imaginava a outra metade do seu rosto, porque quando ele chegava eu só conseguia vê-lo através de um buraquinho da porta do meu quarto que dá para a sala. Eu o via de perfil dando o dinheiro do aluguel para a mamãe Nela. Ele só pagava o aluguel do apartamento da casa da velhinha e a comida, o resto do dinheiro ficava com ele. Mas a mana Antonia estava convencida de que havia mais dinheiro ali.

Por isso ela se disfarçava de bruxa, porque Caleñita amava as bruxas.

Gostava que lessem o tabaco,[9] que fizessem banhos com mentrasto e que rezassem para ela. Minha mana Antonia não

---

[9] A leitura do tabaco, ou tabacomancia, é uma forma de adivinhação que envolve a observação e a interpretação das formas, das imagens e dos padrões criados pela fumaça do tabaco, do cigarro ou do charuto. É muito popular em alguns países da América Latina. (N.T.)

era boba e, para não perder esse dinheiro, pegou tudo o que era mais velho e mais esacuro da cômoda da mamãe Nela e se enrolou. Se vestiu com tecidos pretos, pôs uns nas tetas e outros no quadril e amarrou tudo com uma corda na cintura. Cobriu o rosto com um véu bordô e acendeu um cigarro, desses grandes que a mamãe Nela guarda na cômoda também. Saía no saguão fingindo ter acabado de chegar, com voz de velha tísica:

Boa nooooooooooooooooite,
a dona Caleñita mora aqui?
Jesus e Maria me mandaram
lhe dar um recado. O que seráááááá.
Em nome do pai e da virgem
crente casta santíssima, Caleñita,
O que serááááááááááá.

Gritava batendo na porta e fazendo uma voz sinistra, uma voz estranhíssima de maluca, desengonçada, desvairada, que, se eu não a tivesse visto se arrumar, me faria sair correndo para o pé de goiaba.

A tia Caleñita abria a porta devagar porque estava doente. Quando minha mana Antonia estava lá dentro, eu aparecia engatinhando e me agachava e tomava de um gole só a caixa de leite meio cheia que ficava em cima da mesa da tia. Depois, corria como um rato pelas paredes do quarto enquanto minha mana Antonia fingia que rezava algo que não dava para entender: uma ave-maria interrompida por gritos, engasgos, cuspidas de aguardente e tossidas de fumaça na cara da Caleñita, torção de corpo e revirada de olhos, como se estivesse sendo possuída pelo diabo ou por outra entidade.

E era assim:

santamaria mãededeus
santamariamãededeus
rogaipornós rogai
rogai por nós
aiaiaaiai
jijijiiiiii
es fiverrrrr
ai ai ai

E grito e cuspida de aguardente na boca toda. Eu, jogada no chão, deslizando como uma sombra entre os poucos móveis do apartamento, procurava o dinheiro escondido num vidro que sempre mudava de lugar. Pegava dez, vinte, cinquenta e até mil sucres de uma garrafinha de óleo de coco vazia, pintada de preto. Minha mana Antonia às vezes queria se mijar de rir me vendo tomar tanto leite, mas se segurava e continuava seu papel de bruxa que cospe e tosse. Eu enfiava o dinheiro na calcinha de *mikeimause* e saía correndo para o quintal.

A tia Caleñita era velha e não podia sair sozinha do quarto, às vezes a mulherada entrava para ajudá-la a dar passinhos, a limpar o penico cheio de merda e mijo, a lavar a bunda dela. Mas ela se transformava quando o marido chegava. Quando o parceiro Girafales chegava, a mana Antonia me dizia, Ainhoa, venha, filhinha, vamos para o pátio brincar de dança. Ela me disfarçava da mulher dos irmãos Pimpinela ou pintava meus olhos estilo Jeanette e me mandava fazer a mímica da garota triste; ela era o homem e eu a mulher que gritava:

PORQUE AHORA SOY YO LA QUE
QUIERE ESTAR SIN TI, POR ESO
VETE, OLVIDA MI CASA MI CARA,

*MI CALLE Y PEGA LA
VUELTA.*[10]

E ela fazia isso para que eu não escutasse a gritaria, a meteção de cu. A trepada que o marido e Caleñita davam no apartamento de baixo. E a mana Antonia gritava:

*HACE DOS AÑOS Y UN DÍA QUE VIVO SIN ÉL,
HACE DOS AÑOS Y UN DÍA QUE NO LO HE VUELTO A VER,
Y AUNQUE NO HE SIDO FELIZ
APRENDÍ A VIVIR SIN SU AMOR,
PERO AL IR OLVIDANDO
DE PRONTO UNA NOCHE VOLVIÓ.*[11]

Mesmo assim, eu escutava com meu ouvido de tísica que estavam fodendo no quarto.
Era essa trepada toda que impedia minhas outras manas de acreditarem na doença da tia Caleñita.
Eu acho que se ela estivesse tão doente, não comeria seu homem, dizia minha mana Tita, a mais nova das mais novas das manas da mamãe Checho; e a mana Antonia, será? Vacilante porque nós entrávamos para roubar, eu disfarçada de rato e ela de bruxa que cospe e tosse.
Não, mana, repare, uma mulher doente não pode comer um homem assim. Se quando o desgraçado chega não se pode fazer nada, não tem rádio alto que abafe a meteção, repetia sempre a

---
[10] "Porque agora sou eu/ quem quer ficar sem ti,/ Por isso, vá, esqueça minha casa, meu rosto, minha rua/ E dê meia-volta." (N.T.)
[11] "Faz dois anos e um dia que vivo sem ele,/ Faz dois anos e um dia que não voltei a vê-lo,/ E apesar de não ser feliz/ Aprendi a viver sem seu amor,/ Mas à medida que fui esquecendo/ De repente numa noite ele voltou." (N.T.)

mana Tita, a mais nova das mais novas, porém a mais estranha, estranhíssima, como uma múmia presa no corpo de uma garota sensual da México com a Cartagena. Ela é tão esquisita que a mana Antonia a chama de velha. A velha, seguido de uma risadinha para deixá-la ainda mais brava, mais séria, mais velha.

O poema que eu mais gosto de declamar para minha mana Antonia se chama "A costureira de Ñandutí", eu não faço ideia do que é isso de Ñandutí, ou onde é que a senhora tanto costura, mas gosto do ritmo, do seu cantadinho chiado. Isso também me acontece com as músicas da rádio que eu gravo às vezes nos cassetes, como o papai Manuel me ensinou. Uma em especial, que parece que o cantor está com um monte de lesmas na boca, um montão delas dando voltas na boca da qual ele aproxima o microfone e soa bem.

Sempre botam para tocar essa música às cinco da tarde, quando o sol se põe incendiando atrás do morro da Guacharaca. Eu paro o que quer que esteja fazendo para ligar o rádio e dançar até não poder mais:

É
ya se que
se la vi u pag tu no
me traguá u pag le de
pe ga mué a lo fema
le li fe

pa le chi la matinal y
tua de que ni é fanal
su no li se fa na matal
marg shon tal
a casa te tutu ni e vig

meme tu tu nie ca gas
te ma con ti nue
o mañetas para comé
ti du vie leg ma fe
a lo teg ma lelife
conchinie
shi mo to do no
da la passió e
o tu ta fabuló
yo no fo su sa
si ma

chei me go
supeg a mog
o tu tie ma su blié

Tu le tocá qui no
pasa si grei

ia mato na festa la vi
ja no sex o sí

baisifonki
se bom

vai sifonki
se bom bom bom

baisifonki se bom
vai sifonki
se bom bom bom

baisifonki se bom
vai sifonki
se bom bom bom

baisifonki se bom
vai sifonki
se bom bom bom

frúdalapasion
frúdalapasión.[12]

Deixo no último volume e minhas manas fazem uma fila de conga em volta de mim e

Baisifonki
Sebom
Baisifonki
se bom bom bom.

Minha mana Antonia, a maluquinha mais bondosa, é que sabe se mexer. Faz tudo perfeito, a salsa, a lambada e as tarefas, uma inteligência misturada com atrevimento e excitação, uma inteligência completa:

Baisifonki
se bom
baisifonki

[12] "Fruit de la passion", de Francky Vincent. (N.T.)

se bom bom bom
baisifonki
se bom
baisifonki
se bom bom bom.

A tia Caleñita tinha uma filha, disse que se chamava Goreti no dia em que ela chegou do nada para buscá-la e levá-la embora. Ela era incomumente alta — foi a primeira vez que vi uma mulher mais alta do que meu papi Manuel —, tinha o cabelo crespo e não sentia vergonha de andar despenteada, e não tinha nem uma ponta de alisamento no emaranhado do seu cabelo. Vestia umas calças boca de sino, uma camiseta branca folgada e não usava sutiã. Fiquei sem ar vendo o negrume dos mamilos que transpareciam à luz do sol que atravessava sua roupa, também amei seus tênis de tecido verde com cadarços e sola branca; não pude evitar me agachar para vê-los de perto.

Eles se chamam *cônvers*, me disse sorrindo e estendendo a mão para me levantar do chão e beijar meu rosto. Seus dentes eram lindos, pareciam ter sido arrancados de uma polpa branquíssima de coco e dispostos debaixo dos seus lábios, tinha os olhos amendoados e cheirava a uma mistura de flores e ervas, nada comparado ao cheiro de tempero alojado nas unhas das minhas manas e da Noris.

A Goreti tinha conseguido um marido italiano e morava com ele na Europa, é por isso que tinha um sotaque cantado e não conseguia pronunciar os erres do jeito certo.

Primeiro a mamãe Nela não tinha certeza se devia deixar ou não a tia Caleñita com ela, porque essa garota tem cara de louca, filhinha, eu não confio nela. Filhinha, Goreti, você me disse que se chamava Goreti, não? A Caleña está sendo bem cuidada aqui, tem certeza de que vai levá-la? Mas eu tinha escutado numa conversa sussurrada, como todas as conversas que a mamãe Nela tem com as manas, que alugar esse quarto da Caleña vai ser uma merda, filhinhas, ai, não, Jesus.

Mesmo assim, a Goreti acabou levando a tia Caleñita para que esse homem parasse de roubá-la, tia, como você deixou que isso acontecesse, tia? É inaudito, é um delito, tia, gritou chorando, mexendo o cabelo solto como uma planta recém-regada, seus tênis *cônvers*, com os quais sonhei por vários meses até que me recuperei do impacto da Goreti, a nova prima, e eu digo prima e não mana, porque era a primeira vez que a víamos e eu sabia que seria a última.

Cinco cabeças

Então elas são suas irmãs?
Não.
E, então, por que você as chama de manas?
Porque são minhas manas, ué, você não tem manas?
Minhas manas são minhas irmãs, não minhas tias. E, veja, a mamãe Nela é sua avó, não sua mãe. O priminho vindo da capital me explicou quase desenhando, e eu pensava que as crianças de Quito eram estranhas e estúpidas. Criancinhas frágeis demais e vermelhas comendo ranho e se cagando nas calças. Garotinhos imbecis que têm coceiras e alergias a tudo, garotinhos que o sol destrói, que o mar bate e derruba. Nunca entendi por que me fazem brincar com eles.

Quando a mana Teresa, que mora em Quito, vem com seu marido, ambos falam para dentro, como se estivessem sussurrando para o pescoço. Seus filhos são branquinhos, mas com bocas grossas e olhinhos claros e todo mundo quer que eles fiquem por perto, praticamente exigem que eu os entretenha. Às vezes vêm com seus primos também da capital, todos mais velhos do que eu, mas baixinhos como cachorros chow-chow.

Eu me canso rápido de brincar e subo à sala para sentar com minhas manas, mas me obrigam a descer. Querida, você parece uma velhinha, que que você tem, vá brincar com as outras crianças. E desço para brincar com esse bando de garotos vermelhos que cheiram a coisas guardadas no fundo das gavetas, eu me desespero porque não sabem nada. E se não entendo quando eles dizem o *plei*, os *náiquis*, os *estíquers*, o *pleisom*, o *xópin*, e que aqui embaixo dessa casinha está *ful darc*, eles riem de mim. Você não sabe o que é *plei*? Eu não sou vocês, eu sou a Ainhoa.

E os desgraçados se mijam de rir e eu vou para meu pé de goiabas e fico lá. Eu os ignoro e eles gritam desça, Ainhoa, ou desça, negrinha. Quando me chamam de negrinha, me sobe uma raiva, e eu abro a lateral do meu short e mijo em cima deles. Saem correndo, mas mesmo assim o mijo respinga por cima da cabeça deles. Como eu sei que vão me dedurar, desço correndo para lavar as mãos e fazer cara de paisagem. De gringa. De quem não mata uma mosca, que é a melhor coisa que sei fazer. Eu não gosto de brincar com eles porque têm brincadeiras fortes, feias e sujas.

Digo a eles que brinquemos de dança, ou vamos para meu quarto procurar livros para ler. Eu os chamo para ir à calçada brincar de estrela ou de bola, ou que nos disfarcemos de irmãos Pimpinela ou de Mari Trini, que eu sou a mulher de cabelo vermelho dos Pimpinela e um deles é o homem e que a gente cante. Que vamos para as redes balançar até cairmos no chão flutuante, que digamos às manas para nos levarem à praia para fazermos sereias de areia ou que façamos massa de bolo. Mas não, eles só querem ficar debaixo da casinha de madeira do pátio, onde guardam cocos e ferramentas, para olhar a buceta e a pica.

Eu não gosto disso.

Me dá nojo, raiva e vergonha.

Subo para a sala, onde todos os adultos estão dançando ou comendo como animais, e digo para minhas manas que me deixem ficar ali e elas, desça, querida, desça, meu bem, que você está parecendo uma velhinha, meu amor. Vá brincar, vá ser garota, filhinha. E eu desço, mas me enfio debaixo da casinha, porque não quero que ninguém veja minha buceta. Porque é minha.

Minha mami Checho, antes de ir trabalhar, me dá banho e me diz, filhinha, esta buceta é sua e de mais ninguém.

Ninguém pode tocá-la, só eu ou as manas para te dar banho. Se alguém tocar sua buceta, você tem que me avisar.

Por isso digo a eles vocês são uns porcos, vocês ficam mostrando a buceta e o pinto. Também digo a eles vocês são porcos, ficam se tocando e metendo os dedos, vocês são horríveis. Eles correm atrás de mim e atiram bolinhas de terra, mas nunca me acertam. Eu sou a alta, a que sabe subir em árvores, eles só comem os ranhos um do outro.

Numa dessas muitas visitas carnavalescas, nos levaram à praia como de costume. A gente se dividiu nos carros dos senhores vermelhos de Quito e na caminhonete do meu papi Manuel para ir a Las Palmas. Logo as manas e os novos familiares de Quito começaram a beber, a comer, a rir como idiotas, a dançar colado. Nós, as crianças, comemos todas as frituras praianas e os sorvetes. Enquanto eu mastigava, pensava na cara da Noris, triste porque também queria ir à praia, mas a deixaram cuidando da minha maninha. Não entendo essa forma de ser família.

Tive tanta pena que antes de sair hesitei e disse para minha mami Checho que eu queria ficar com a Noris e minha maninha. Vá, filhinha, desça rápido e não fale besteira, gritou ela da cerca, já com as sacolas prontas e um chapéu de palha para se cobrir, porque minha mami detesta sol. Desci como um animal cansado e deixei cabisbaixas as duas mulherzinhas, que não veriam o mar em pleno Carnaval.

Depois de admirar a multidão e nadar sem descanso, de obrigar os monstros de Quito a nadar como estrelas-do-mar, abrindo as pernas e os braços para nos deixar levar pelas ondas, engolir água salgada como peixes, abrir os olhos até chorar para dentro por causa do ardor das pimentas, muito depois de comer dois pratos inteiros de torresmo com rodelas de bananas-verdes fritas, dois sorvetes de coco e abacaxi e morango, e brigar com um dos meus primos até fazê-lo engolir areia pelo cu, anoiteceu e eu fiquei com sono, e meu papi Manuel abriu a caminhonete para eu dormir lá dentro.

Já estava sonhando que dormia trepada no pé de goiaba, me segurando nessas frutas como se fossem as tetas da minha mami Checho, como se eu fosse minha maninha pequenininha mamando das larvas das goiabas, quando entraram do nada os garotos vermelhos da capital, com suas roupas de banho molhadas e cheias de areia, como se o sol continuasse aceso ali no céu. Vocês não estão com frio? Não, aqui não faz frio, faz calor. E eu pensei, essa gente é de outro mundo.

O Tato perdeu um jogo e tem que pagar a aposta, gritaram.

Não consegui perguntar nada, quando os meninos me pegaram pelas mãos e pelas pernas. Me imobilizaram. Tentei chamar minhas manas, alguém, mas a música cubana estava rolando a todo volume no cais de Las Palmas. Nem mesmo nós que estávamos dentro do carro nos ouvíamos direito.

O Tato, que tinha uma cara de bruxo e uns olhos tão verdes que me davam medo, era magrinho e tranquilo, mas sempre ficava me olhando de um jeito horrível, às vezes sem fechar os olhos, sem desviar o olhar, e por isso eu jogava terra, areia ou água nele, e ele se jogou em cima de mim. Subiu no meu corpo e contrastou sua umidade rígida e arenosa com a temperatura morna da roupa e das mantas secas que minha mami Checho tinha colocado ali para mim.

> *Carraguao fue mi niñez*
> *Belén, mi complicación*
> *Cayo Hueso, mi enredo*
> *Los Sitios, mi madurez y*
> *Buena Vista me dio la luz,*
> *Belén, la confirmación,*
> *El Cerro me dio la llave*
> *La Víbora me dio su amor.*[13]

Os festeiros gritavam lá fora, as risadas enquanto o Tato me beijava à força e eu não conseguia me mexer. Enfiava a língua em mim e a movimentava de um dente para o outro, da língua até o céu da boca, como se quisesse cantar uma canção estranha através dos meus lábios carnudos, entregando em cheio sua boca de ossos ao meu silêncio forçado, afogado em saliva.

> *Yo soy el hijo de un fundador*
> *que siempre soñó cantar con el tren*
> *y fíjese usted, señor, que ese sueño a mí se me dio*
> *y fíjese usted, señor, que ese sueño a mí se me dio.*[14]

---

[13] "Carraguao foi minha infância/ Belén, minha complicação/ Cayo Hueso, meu enrosco/ Los Sitios, minha maturidade e/ Buena Vista me deu a luz,/ Belén, a confirmação,/ El Cerro me deu a chave/ La Víbora me deu seu amor." "Anda ven y quiereme", de Los Van. (N.T.)
[14] "Eu sou o filho de um fundador/ Que sempre sonhou em cantar com o trem/ E veja só, senhor, esse meu sonho se realizou/ E veja só, senhor, esse meu sonho se realizou." Idem. (N.T.)

Eu não conseguia respirar e o Tato se mexia em cima de mim, sem camiseta, molhado com uma sunguinha azul escrito speedo, que brilhava furta-cor através das poucas luzes que entravam pelas janelas da Ford velha do meu pai. A pica dele estava no meio das minhas pernas, depois senti que ele abria uma lateral do meu maiô cor arco-íris e cutucava sua flacidez perto dos poucos pelos que eu tinha. Eu escutava as risadas de rato correrem dentro da minha cabeça e ao fundo, muito fundo, as risadas abafadas das minhas manas sob o som do mar e da música que para mim, nesse momento, formavam um mar mais bravio do que o da praia de Las Palmas. Subiam suas mãos me apertando forte para que eu não me mexesse e tive medo e vontade de bater, mas as mãos dos garotos eram como tentáculos, como ventosas grudadas na minha pele.

Eeeeeh, anda, quiéreme, oooooh oooooh solo quiéreme
quiéreme cómo te quiero, nunca te defraudaré
eeeeeh anda, quiéreme, oooooh oooooh solo quiéreme
mis hermanos de Jesús María
la gente que baila de noche y de día.
Eeeeeh, anda, quiéreme oooooh oooooh solo quiéreme,
pero mi música todita la vas a aprender,
y tú a mí me vas a querer.[15]

Agora vocês são namorados para sempre. Me soltaram e saíram correndo como uma manada de bichos molhados. Como um monstro de cinco cabeças.

---

[15] "Eh, vai, me ame, oh, oh só me ame/ Me ame como eu te amo, nunca te enganarei/ Eh, vai, me ame, oh, oh só me ame/ Meus irmãos de Jesus Maria/ As pessoas que dançam de noite e de dia./ Eh, vai, me ame, oh, oh só me ame,/ Mas a minha música todinha você vai decorar,/ E a mim você vai amar." Idem. (N.T.)

Vontade de Deus

Era sábado cedinho quando minha mami Checho e meu papi Manuel nos levaram para conhecer o terreno onde iam construir a tal casa de que tanto precisávamos para deixar de morar como animais, todos juntos, como diz a mamãe. Eu não entendo por que não podemos continuar sendo animais. A mamãe Checho, a mana Antonia, a mana Tita e eu subimos na Ford puteiro do papai Manuel. Como sempre, não deixaram a mana Rita ir e, vestindo uma batinha cor-de-rosa, ela nos olhava gritando da porta do corredor onde fica a caixa d'água.

Como a caminhonete do papai está cada vez mais velha e dura, como uma pele de vaca ao sol, tivemos de empurrá-la para que engatasse, tivemos de implorar a Deus que por favor nos deixasse avançar, tivemos de acariciá-la para que se dispusesse a nos levar de um lugar para o outro. Quando enfim a besta cedeu, descemos reto pela México.

Toda vez que pegamos as vias da México, vamos para a esquerda, para Las Palmas, para tomar banho, comer torresmo e bolinhos de banana, mas dessa vez não foi assim, o papai virou para a direita e eu fiquei com medo. Me deu um temor, pensei que íamos para um lado ruim. Papi, não é para lá, você se confundiu.

E ele não tinha se confundido, passamos a estrada do Cabezón, com os olhos virados para o rio Esmeraldas, e nessas ilhotas cheias de árvores verdes, tão verdes que podem me deixar cega, eu pensava na nova casa e no espaço que me separaria da casa da mamãe Nela, minha casa de verdade. Chegamos ao batalhão da polícia e continuamos andando sem titubear, sem nos obrigarmos a dar meia-volta para a vida cotidiana, longe do nunca antes visto. Nos enfiamos nas pontes, e vi o Recinto Ferial cheio de pessoas comprando roupa, tanta gente em meio a máquinas de algodão-doce, carrinhos que vendem pipocas coloridas e cocos gelados, competindo com a calma do bosque de árvores baixas de *guayacàn* ao longo da estrada.

Chegamos à estátua do leão que eu só tinha visto nas viagens de visita à fazenda, ou quando íamos passear no campo ou quando voltávamos a Limones, a ilha em que todas nascemos, e da qual nos tiraram voando porque diz que lá as meninas engravidam cedo e é melhor trazê-las para a cidade e vigiá-las de perto, como faz Santo Antônio.

A estrada era infinita e o papai Manuel continuava dirigindo, eu estava impaciente e brava, aonde é que vamos, papi? Mas, nesse dia, todo mundo agia como se eu não existisse, me deixavam ali no meio e não me dirigiam a palavra. Pensei até em me mijar nas calças, mas a mamãe Checho já tinha me advertido que eu já era grande para fazer essas porquices.

Na estrada, tudo eram árvores e desolação, árvores, cachorros, gatos tatuados no asfalto pelas rodas de um caminhão de carga. Árvores crescendo na lateral do cimento e árvores crescendo em fendas nas paredes das casas. Árvores e pequenas paragens de vendedores de caldo de cana, comida crioula e peixe salgado, árvores e caminhonetes com crianças e homens em cima do capô, árvores e árvores de um verde-enjoo. De um verde que cega, de um verde impossível, enlouquecedor.

Tudo estava tão desolado que me deu mais medo, mais raiva, mais vontade de mijar ali, mas não fiz nada.

Crescer é não poder abrir a boca quando as coisas te desagradam, pensei, e tampouco disse isso em voz alta; afinal, ninguém estava me escutando.

Depois de um longo trecho, viramos à esquerda e percorremos um caminho recém-pavimentado. Chegamos a uma rua ampla que tinha uma árvore enorme bem no meio. Parecia que a árvore nascia do asfalto e que seus galhos se estendiam como cabelos até o chão. Eu tinha certeza de que essa árvore ia sair correndo a qualquer momento, sendo a gigante milenar que é, para se esconder das pessoas atrás das montanhas verde-loucura.

Em volta da árvore, havia mulheres vendendo frutas, *corviches*[16] e empanadas de banana-verde, e ali, em meio a uma multidão, a cerca de madeira rodeava outro pedaço de terra. É aqui, disse minha mami Checho. E eu perguntei o que é, se aqui não tem é nada. De novo, ninguém me respondeu. As manas, a mamãe Checho e o papai Manuel percorreram o terreno dizendo coisas que não faziam nenhum sentido, como se de repente eles e eu falássemos línguas diferentes. Logo chegou outra caminhonete, da qual desceu um senhor gordo para conversar e mostrar mais terra em meio à terra, verde em meio ao verde. E é aqui no meio deste campo que vamos morar?, gritei desesperada. Silêncio. Comecei a ficar sem ar. Fiquei sufocada sem uma explicação. Tudo se apagou à minha frente. As árvores começaram a perder a linha externa que fazia com que fossem árvores, a terra fosse terra e nós, pessoas, e as cabeças das minhas manas flutuaram como besouros saltitantes em cima da minha cara.

---

[16] Massa empanada e frita à base de banana-verde e recheada com carne de peixe. (N.T.)

Eu me estatelei porque também havia perdido o contorno e tinha me misturado com todas as coisas, e também era uma massa verde terrosa, ampla e borrada. Me levantaram da terra e me enfiaram no carro. O bairro se chamava Voluntad de Dios e isso me fazia sentir mais sufocada. Nada com Deus no nome traz coisas boas. Vamos, pelo amor de Deus!, pigarreava o papai Chelo antes de levar a Noris para castigá-la com seu cinto no quintal da casa; as manas trêmulas aumentavam o volume do rádio, mas mesmo assim eu sabia o que estava acontecendo. Ou a mamãe Nela gritava Ai, meu Deus! antes de se trancar para sussurrar, para rezar com as manas dentro do quarto por uma, duas, três, quatro, cinco, seis horas e depois todas saíam vermelhas, sufocadas, engolindo os ranhos e as lágrimas.

Vamos rezar para Deus, dizia a mamãe Nela quando me levantava às quatro da manhã e me obrigava a cagar, apesar de eu não ter vontade, para depois me fazer ler a Bíblia.

Mana Antonia, eu não quero morar aqui. Filhinha, tranquila, disse ela sorrindo como sempre, falta muito, a casa não está nem feita. Você parece velhinha, querida, seja mais menina, mais despreocupada, e começou a cantar uma música da Jeanette[17] para eu dormir.

---

[17] Jeanette Anne Dimech (1951-) uma cantora inglesa, radicada na Espanha. Tornou-se famosa nos anos 1970 com canções como "Soy Rebelde" e "Porqué te vas".

Um papai inflável

Meu papi Manuel adora música.

Ele gosta tanto de música que quando está em casa liga seu toca-discos, o conecta com o rádio e a música não para de tocar.

Meu papi Manuel gosta tanto de música que tem duas maletas de vinis pretos, que ele só tira do quarto nos fins de semana, e as músicas rodam de manhã até a madrugada.

Dá para ouvir a música de todos os quartos da casa da mamãe Nela; dá para ouvir do quintal, da cerca e da caixa d'água. A música sobe correndo pelas paredes. Depois desse trajeto, os sons ficam enterrados no pátio, entre os pés de frutas e as ervas que curam a fobia da água e a bexiga caída.

Meu papi Manuel adora música, uísque e tabaco, tudo ao mesmo tempo, como uma máquina a vapor salseira que lê e canta ao mesmo tempo.

Meu papi Manuel cheira a couro, tabaco e uísque como uma máquina a vapor que dança, canta e lê ao mesmo tempo, tudo de uma só vez.

Meu papi Manuel cheira a máquina, à sua caminhonete velha, que é o cheiro da salsa, da timba, do *son*, do *guaguancó*, da *gozadera*, da rumba,[18] o cheiro do trabalhador. Eu gosto

---

[18] Salsa, timba, son, guaguancó, gozadera e rumba são gêneros musicais cubanos. (N.T.)

de cheirar o papai, apesar de ele às vezes não querer que ninguém encoste nele.

Sempre está como carro velho, soltando fumaça e escutando música.

Eu tento fazer parte da sua escuta, da sua forma calada de estar na casa.

Eu o ajudo a tirar as botas quando chega do trabalho na empresa elétrica. Fico feliz em saber que as luzes das casas se acendem porque ele e seus amigos sobem nos postes de luz, como animais com asas ou como macaquinhos presos numa cidade recém-construída e ligam os cabos para fazer a claridade, quando o sol cai no morro da Guacharaca.

Quando volta do trabalho, pergunto se quer comer e finjo ter fome para acompanhá-lo, como junto aos sons dos seus molares destroçando o arroz, os feijões e o peixe, como mais perto do som da sua boca engolindo o *tapao*, o caldo de lentilhas ou o de ossos, que é seu favorito.

Sempre quero que meu papi Manuel me diga como são as coisas do mundo. Mesmo que eu já saiba como funciona o mundo em que vivemos, mas me faço de desentendida, de idiota, de santinha de merda, como a mamãe Nela grita para a Noris quando a pega conversando com os garotos pela cerca do quintal, na calçada ou na caixa d'água, para que meu papi Manuel fale comigo de coisas ridículas. Para que o papai me sopre as palavras no rosto, com seu hálito sobressalente de fumaça e uísque gelado, o cheiro dos trabalhadores.

Para que o papai me diga que me comporte bem, ou me pergunte se estou doidinha.

Digo a ele, papi, por que o papai Chelo foi embora?

Ele baixa o jornal, tira os óculos, que ficam marrons quando o sol entra pelas janelas da sala, se abana com as folhas e desabotoa um botão da camisa vermelha com bolas brancas. Pigarreia, filhinha, seu papai Chelo é foda, ouviu? E eu pergunto que é que é isso de ser foda, se é porque é rico ou bonito, e ele fica me olhando com os olhos castanhos atrás dos seus óculos marrons, sem entender que merda é o que acontece comigo. Não, filhinha, é foda, ouviu? Só isso, filha. As pessoas vão embora, ouviu? É assim que as coisas vão tomando seu rumo, meu bem, não há nada para entender.

E então eu rio por dentro, mas não na cara dele. Faço cara de séria porque adoro essas respostas bestas que meu papi me dá.

Eu sei que o papai Chelo está trepando com outra mulher na fazenda, todo mundo sabe.

Eu sei porque escutei sussurrarem que não era a primeira vez nem seria a última.

Que uma vez ele ficou seis meses e não mandou dinheiro nem para a comida da casa.

A mamãe Nela, como toda professora, está sempre dura. Sempre recebe tarde, sempre tem que empenhar umas joias de ouro para comer. Mas dessa vez eu não tinha nascido, dizem, e houve tanta fome na casa que minhas manas e minha mamãe tiveram que lavar roupa para fora.

É claro que não contaram isso para a mamãe Nela, porque ela preferia morrer a criar suas filhas para que fossem escravas. Mas não havia outra forma de levar comida para casa. Comida que minhas manas tinham de dar para a mana Catucha para que ela fingisse que trazia tudo isso de presente. Como se fosse uma coisa dela.

E eu continuo enchendo seu ambientezinho salseiro de perguntas.

Uma perguntadeira maluca me invade quando meu papi está sentado no móvel, rodeado de vinis pretos, de encartes de vinis quadrados com cores vermelhas e laranja, com entardeceres de praias distantes e palmeiras em volta de mulheres com biquínis minúsculos. Capas de vinis com homens magrinhos e sorridentes pousando em suas camisas rosa com hibiscos e bigodes espessos, com sapatos de plataforma, brancos, branquíssimos como as capinhas pequenas que o papai guarda no porta-luvas. Vinis repletos de vozes cubanas que saem da caixa de som conectada ao seu toca-discos intocável.

Papai, por que eu não tenho os olhos claros como o senhor? Ele abaixa a cabeça e ri pigarreando, filhinha, se comporte, se você tivesse os olhos dessa cor, talvez já tivesse namorado, sossegue.

Eu enlouqueço ao decifrar as loucuras e os mundos que nascem da boca do meu papi, como os fungos dos paus úmidos caídos no chão do quintal de casa. Como as larvas nas feridas dos cachorros, sem explicação e porque sim.

Às vezes meu papi me penteia, e é horrível.

Ele exagera passando o pente no cabelo e faz duas bolas com meu cabelão que parecem com as do saco do touro da fazenda do papai Chelo.

Fico feia, mas não digo nada, sei que esse papi faz o que pode, é como um louquinho e tenta. Me penteia mal, me veste como bandida, como diz a mamãe Nela, e me leva para a praia. Me coloca na caminhonete, que faz mais barulho do que a música que ele põe no rádio para não falar comigo, e me faz correr na areia de Las Palmas de cabo a rabo. Eu tento correr o máximo que consigo no seu ritmo, meu coração acelera e eu continuo como um cachorro de rua que segue uma moto qualquer.

Depois, o papai se encontra com alguns homens que se vestem como ele, que falam como ele. Homens com camisas floridas e bolas coloridas, que sempre têm os olhos vermelhos, vermelhíssimos, como se tivessem ido nadar de olhos abertos.

Vão para trás das palmeiras, enquanto eu me faço de louca e brinco com a areia, e sai fumaça detrás das palmeiras, não uma fumaça normal, mas espessa, como quando, no campo, queimam uma vaca doente que não serve para ser comida. Então, um papai alegre pra caralho sai das palmeiras, como se tivesse visto Deus ou o diabo, que, para ele que nasceu em Montalvo, são a mesma coisa.

Meu papi Manuel me conta suas aventuras com seres impossíveis; apesar da minha mami Checho não gostar, eu sempre insisto na frente dela: papai, me conta da vez que você brigou com o duende, e a mamãe, brava, diz por que está contando mentiras para a menina, Manuel? Filhinha, não repita as besteiras que seu papi te conta, ok? Os duendes não existem!, grita a mamãe Checho e sai vestida de secretária de manhã cedo.

Quando ela não está, ele não só me conta do duende, mas da fazenda de uns milionários que faziam pacto com o diabo e moravam perto da fazenda do seu pai, meu avô, que eu não conheço, e chamo ele de avô porque minha mami diz que ele é alcoólatra e que nunca vai me levar para vê-lo.

Na fazenda dos Tellos de Montalvo, tinha um macaco que era o cuidador e, em vez de bolas, tinha um molho de chaves debaixo da pica. Os touros também eram grandões, ai, filhinha, essas bestas, sim, eram grandes, ouviu? E só havia três vacas, embora eles fossem os fornecedores de carne de todo o povoado, mas as vacas eram sempre as mesmas três vacas idiotas e boquiabertas. Coisa séria, filhinha.

Às vezes, meu papi Manuel me leva para fazer coisas que não entendo, mas eu já sei que ele está doidinho. Dirige até a Ilha Piedá e esperamos muitas horas, depois aparecem dois negões bem negões com camisetas largas e pentes na cabeça, com correntes de ouro e dentes de ouro e tranças de ouro, e lhe dão saquinhos que ele guarda no porta-luvas como tesouros de cor marrom-esverdeado e, Ainhoa, filhinha, as meninas não falam das coisas dos adultos, ouviu? E eu olho para ele, sorrio com minha carinha de desentendida pentelha e digo que quero um hambúrguer e um torresmo, e ele ri enquanto dirige a besta até meu carrinho de comida favorito.

Meu papi nunca consegue me dizer não.
Eu sei que tudo o que tenho a fazer é olhar para ele fixamente e insistir um pouco para que ele ceda, para que ele me dê tudo o que eu quero. Porque uma menina sempre quer mais do seu papi, sempre. Um papi é como um chiclete que você mastiga sem descanso e com desespero até ficar sem sabor para sempre.

Uma vez, eu sonhei que tinha um cachorro enorme com a cara do papai Manuel, a mesma cara.
Um cachorro preto que, em vez de latidos, soltava barulhos com cheiro de uísque e babava músicas de Ray Barreto e Héctor Lavoe. Um *préstame tu mujer, hermano, para tirarle un plante*[19] com um fundo de ódio a todos que amam e que estão felizes, porque eu não posso ter um amorzinho que me

---

[19] Me empresta sua mulher, irmão, pra eu dançar com ela. "Prestame tu mujer", de Ray Barretto. (N.T.)

compreenda e me chame de papai e que me queira bem. Meu Deus, me ajude, quero esquecer. Me ajude, me ajude, ai, pelo amor de Deus, peço que me ajude, é que eu a amo tanto e não quero perdê-la. No sonho, que às vezes também é pesadelo, onde o cheiro de uísque invade minhas tripas, ele entra pelo meu cu até o fundo da barriga para sempre. E eu digo papai, shhhh, shhhh!, venha comigo para a praia, e o cachorro finge uma preguiça no início, mas depois não tem outra escolha a não ser me seguir.

Para mim, isso é meu papi Manuel, um cachorro que não late; que, em vez de uivar, canta salsa, uma boca festeira doente e rabugenta, uma focinheira de deuses mulatos como ele.

Um cachorro fingindo no pesadelo que não quer comer sua própria merda, mas acaba comendo, um animalzinho obediente e mentiroso, um papai inflável. Um não senhor, não homem, não marido, não papai.

Uma bela extravagância inflada de uísque e cristais marinhos que aterrissou por acidente no mundo dos pais.

Minha mami Checho é de água

Água que não fica quieta, água movediça, como quando acontece um tremor e a gente está coincidentemente olhando para um tanque transbordado, a vibração do seu rosto preso nesse espelho líquido, seu rosto que vai se deformando, que vai perdendo o sentido, que abandona a forma de uma carinha de garota e parece mais uma ameba ou um desenho de uma célula numa lâmina de ciências de cinco sucres.

Uma água trêmula e estranha no meio de um vulcão. Como o som do vulcão que todo mundo diz que está enterrado na praia de Las Palmas e que algum dia vai nos engolir e transformar em lendas, uma história dessas que meu papi Manuel conta e ninguém acredita porque, quando a gente escuta, as figurinhas não formam desenhos dentro da cabeça. Quando o som do vulcão expulsar sua água, as pessoas vão dizer: Esmeraldas? O que é isso? E se deixarão levar pelas histórias de uma raça extinta, no fundo da água salgada, e encontrarão peça por peça da nossa existência, mas ninguém saberá o que fomos de verdade.

Quando eu começo a falar desse jeito, sozinha e em voz alta, minha mami Checho fica me olhando com uma cara de assombro e de preocupação, é como se me dissesse através dos seus olhos preocupados, ai, filhinha, você está desvairando outra vez, querida, filhinha, por que você diz essas coisas tão estranhas, meu amor, ponha os pés no chão. Ela sempre me diz isso, ponha os pés no chão, meu amor, por algum motivo nós humanos não podemos voar, e eu pergunto, e os aviões, mamãe, os aviões fazem com que a gente possa voar. Ela ri, ai, florzinha, você, filhinha, sempre tem uma resposta para tudo, deveria estudar para ser advogada quando for adulta, ouviu? Não é à toa que você tem a língua afiada, filhinha, porque essa sua linguinha é coisa séria. Nos meus tempos, já teriam partido sua boca, porque se diz que não se deve responder aos adultos. Eu só deixo você, filhinha, desde que você se lembre de pôr esses pés grandões e chatos bem assentados no chão, meu amor, pare de inventar bobagens, tente ser garota, uma garota normal.

Definitivamente, a mamãe Checho é uma mulher de água, eu consigo ver as ondas dela através da pele bonita; através do sorriso provocador, eu consigo ver a água longa da minha mami surgindo, piscando.
Sim, a mamãe Checho pisca, respinga seu encanto como a água, por todas as partes. Com sua saia de secretária e suas meias de náilon, é um tanque de ferro com abate, porque não tem nada de idiota. A água é dura e rara, por mais transparente e tranquila que pareça ser, sempre pode ser uma casa perfeita para as bobagens que fazem mal.
A água dos tanques faz os pernilongos nascerem, a água começa a ficar verde, e, se tomar dela, você vai para o banheiro cagar por dez dias. Eu sei disso porque bebi de todos os líquidos parados no quintal da mamãe Nela, também bebi do que nasce da minha buceta, e amaria poder beber minha mami como quando eu era bebê e podia sugá-la. Mas não posso dizer essas coisas para a mamãe, porque ela fica assustada e preocupada.

A primeira vez que desenhei minha mami, fiz um contorno de corpão, com tetas grandes e quadril largo, e pintei a pele dela de azul misturado com verde, que é a cor da água da ilha de onde viemos. A professora de desenho me disse os humanos não têm essa cor de pele, princesinha, use outra, e eu disse, professora, a senhora não viu a mamãe de perto, e ela riu, porque para gente grande tudo o que nós de corpinho crescendo dizemos é uma besteira engraçada, mas não, minha mami Checho é de água e a cor da pele dela tem esse esverdeado estranho do mar de Limones.

Mas a água é assim, traiçoeira e mentirosa como a mamãe Checho; nunca chegamos a conhecer a água de verdade. Eu sei que a mamãe começou limpando a biblioteca onde ela é secretária agora, também sei que ela é muito inteligente, mas na infância era mais burra do que uma porta, a sem futuro, a menina doente que ninguém queria por perto, e, de alguma forma, seu jeito de brava e misteriosa tem a ver com esse passado anterior de bruta, de tapada, de sem cabeça.

Minha mãezinha Checho nasceu doentinha, feia e desnutrida, tinha um sopro no coração, que eu entendo que é como um vento que não se conecta com o que deveria se conectar dentro do seu corpo.

A mamãe Nela trabalhava como professora rural, nessas escolas muito distantes que para chegar você tem de se levantar às três da manhã, pegar van, canoa e cavalo e dar aula para as crianças que na verdade são gente velha que não sabe ler nem escrever, nem somar, nem subtrair e eram para quem a mamãe Nela ensinava isso e muito mais. De tudo, e também aconselhava as meninas que não engravidassem, que estudassem muito e fossem para a cidade. Como ela era muito ocupada e não sabia o que fazer com essa menina fraca e doentinha que tinha parido, a mama Doma assumiu o cuidado da minha Chechito.

A mama Doma tentou de tudo para curar sua garotinha, passava mentrasto, fazia que ela tomasse erva-de-espírito-santo, dava banho com folhas de achiote, deu noni e doce-amarga. Levou-a ao único médico em que confiava, o dr. Minda, o que dizia para toda mulher prenhe que não tinha dinheiro, vá amiguinha, vá com fé até a dona Doma, ela pode lhe ajudar a ter seu filho, diga que eu falei para procurá-la e mande abraços. Mas esse doutor também lhe disse Domita, a bebê não tem remédio, deve ser operada e, portanto, temos que levá-la para Quito, e isso é caro. A mama Doma saiu com sua garotinha no colo sem saber o que fazer, foi até sua casa na Eloy Alfaro, pegou uma muda de roupa, enfiou numa bolsa e disse a todos, já volto.

As pessoas assustadas e você, mãezinha, aonde vai, escute, volte, vou fazer o máximo que eu puder para salvar minha garotinha. E então a mama Doma caminhou até a estação da Costeñita na rua Malecón, pegou uma van, chegou até a Tola, que é o extremo norte de Esmeraldas, subiu numa lancha e foi para Limones. Era fim de outubro e as balsas já estavam curtindo nas ilhas, enfeitando os santinhos pretos, esquentando os tambores, tirando as sementes para encher os *guasás*[20] da celebração de São Martín de Porres.

No cais, dois pescadores a reconheceram e a ajudaram a descer da lancha. Ofegante, ela se sentou num dos bancos de madeira, onde continuavam subindo sacos e pessoas vindas

---

[20] Instrumento musical de percussão que consiste num canudo de bambu com sementes duras no interior. (N.T.)

de todos os lugares para celebrar seu santo. A mama Doma estava ali olhando o mar verde de frente, as raízes voadoras dos manguezais e das arraias, pulando, saudando sua travessia.

Na lateral do cais estava o nicho onde o negrinho ficava, com encaixes e suas cintas coloridas, com seu chapeuzinho de palha, sua sotaina marrom e sua pele pretíssima. A mama Doma se aproximou devagarinho, ergueu com as mãos a Chechito que estava enfaixada e disse a São Martim, te entrego minha garotinha, santo, que se faça de agora em diante sua vontade e a do Senhor.

Mami Checho, eu digo a ela, o conto sempre acaba aí, o que mais a mama Doma fez, como voltou, o que comeu na viagem, mamãe, quero saber mais, e ela, ah, florzinha, o importante é que estou viva graças ao santo, que continuo com os sopros, mas vivíssima, meu amor. Tão viva que pude trazer ao mundo minhas duas princesas, você e sua maninha. Mas eu quero saber mais, sempre quero saber mais sobre os contos e as coisas. Como ela não me conta tudo, não me resta outra opção a não ser inventar as histórias, completá-las com entusiasmo em cima do pé de goiabas:

A mama Doma chorava esperando que o santo fizesse um milagre quando surgiram as cantoras de *arrullos*[21] e os bombeiros das casas, tocando seus tambores e gritando seus canticozinhos:

San Martín ha llegao
a Limones y trajo
palomas arrulladoras

[21] São cantos em resposta ao divino; à virgem, a Jesus, aos santos, ao fantástico, à natureza e ao humano. Combinam a herança ancestral africana com a evangelização católica em Esmeraldas, revelando, assim, um hibridismo entre o mundo terreno, a imaginação e o mundo da tradição religiosa. (N.T.)

y trajo palomas
*arrulladoras.*²²

As vozes e os corpos com chapéus e turbantes estampados de café com laranja e suados de gritar e beber uísque fizeram uma ciranda em volta da mama Doma e não paravam de cantar:

San Martín ha llegao
a Limones y trajo
palomas
*arrulladoras.*²³

A mama Doma esperava um sinal de vida e a garotinha chorou. Nada melhor do que a choradeira de uma criança para saber que ela está saudável. Depois ela se uniu aos cantores e subiu na barcaça dançando, junto aos padres e dançarinos. A barcaça, uma plataforma metálica enorme que flutua, que parece que ninguém consegue deslocar, mas é movida por uma lanchinha, enfeitada com ervas e frutas, com folhas de coqueiros e marimbas que soam desesperadas, como se estivessem celebrando o santo, ou então a vinda do fim do mundo.

Dentro da barcaça continuam cantando *arrullos* para o negrinho, até que chegam a Canchimalero, outra ilhazinha próxima. Quando a barcaça e as outras balsas chegam com seus santos e tambores às costas de Canchimalero, as crianças, molhadas na praia, estendem os braços para receber as

---

[22] São Martim chegou/ A Limones e trouxe/ Pombas cantoras/ Pombas cantoras. (N.T.)
[23] São Martim chegou/ A Limones e trouxe/ Pombas cantoras. (N.T.)

frutas e os presentes dos navegantes, como diziam que São Martim tinha feito, numa lanchinha curta, com uma cesta pequena de onde nunca paravam de sair frutas, peixes e pães.

Então, mama Doma desceu com a Chechito enfaixada, essa forma de manter as pernas das crianças fechadas quando são pequenas, para que elas não fiquem tortas feito um alicate, e se enfiou na procissão dos corpos carregando santos negros de diversos tamanhos, pegou um barbantinho vermelho, sabendo que, se pegasse o barbante, tinha que voltar no ano seguinte para a festa de São Martim e não pegar nenhum barbante, porque dizem que o negrinho é um santo ciumento; ele dá, mas também tira.

Assim, a mama Doma dançou e bebeu seus uísques com sua menina nos braços, em meio a disparos no ar saindo de mãos cheias de anéis de ouro e o cheiro de aguardente de alhos que traziam os da balsa de Borbón. Quando começou a missa onde estava o bispo branco disfarçado de negro, a mama Doma foi até as barraquinhas de comida, pegou uns frutos do mar com leite de coco e subiu numa lancha de um garoto que a reconheceu porque ela havia feito o parto da sua mãe e a levou de Canchimalero para Borbón. Em Borbón, também a reconheceram, caminhando para pegar a van de volta a Esmeraldas, e não a deixaram ir embora sem enchê-la de sacos de coco, uma sacola de peixe salgado, outra de arraia defumada, dois queijos de folha e umas embalagens de leite.

Eu imagino tudo isso em cima das árvores, conto para as frutas e para as larvas, e também para as folhas. Principalmente para as folhas, porque seu verde me faz pensar na água viva da minha mami Checho.

A mamãe tem tantos segredos quanto a água, eu sei que está viva, porque posso ver como a vida cresce ao seu redor, como as vozes se dirigem a ela, como a água que vem de dentro dela possibilitou minha existência e a da minha mana, mas não tenho certeza se todo esse dar vida realmente dá vida a ela. Não sei se todo esse dar amor a faz se amar de verdade.

Sempre intuo que ela vai sair correndo e nos deixar sozinhas, e, embora geralmente diga o contrário, eu a vejo inquieta nos fins de semana, exausta de ficar abatida na sala ou no quarto, que é seu desde que a mama Doma faleceu, quando minha mami Checho tinha dezessete anos, e que ela compartilha com meu papi Manuel desde os dezoito, quando se casaram.

A mamãe Checho sempre fala da sua vida com a mama Doma como uma espécie de sonho alegre, estava contente por ter sido salva pela sua avó, de ter aprendido a curar e ser adorada por uma senhora tão doce quanto Doma Cuero. A mamãe Checho, quando ia de visita para a casa dos seus pais, esta casa em que nós todas moramos, sempre se sentia desconfortável porque a obrigavam a limpar e cozinhar, coisas que ela não sabia fazer, pois sua avó a protegia e cuidava demais dela.

A mamãe conta das pessoas, muitas e milhares de pessoas que iam se curar com a mama Doma, que até uma freira recebia aulas dela e minha mama Doma não cobrava nada dela, mas a freira trazia roupa linda para minha mami Checho e por isso no bairro pensavam que ela também era gringa, porque tinha o cabelo muito longo e porque, diferentemente das outras garotas, nunca punha o pé na rua.

É, não pisava na rua porque a mama Doma a protegia para que ninguém fosse emprenhar sua garotinha bem-criada. Mas, num Carnaval, por coincidência a mandaram comprar uma coca-cola com a Irene, a garota que cuidava dela, e as pernas da Chechito se descarrilharam. Um balde que escorrega das suas mãos e passa de repente a fazer lodo na terra seca do quintal. Minha mami correu água até chegar a Las Palmas, porque o líquido sempre quer escapar por qualquer buraquinho, assim como às vezes, de tanto rir, deixo escapar o mijo, que é uma forma de água que tem de sair para que meu corpo não exploda.

Chechito, dizia a Irene, assustada, vão nos castigar, vamos voltar, mas a Irene não sabia que minha mami não era mais a garota de dezessete anos que não deixavam ir nem à esquina, mas uma água bravia transbordada, como a água das poças onde criam camarões, você enfia a perna ali e pode chegar à China, que também é cavar na areia para escapar num mundo de línguas estranhas e corpos diferentes.

De qualquer forma, ali, em pleno dique de Las Palmas, sem que ninguém tenha dado permissão, estavam a Chechito e a Irene, de pé, desvendando a carne de uma cidade que não conheciam de verdade, um lugar para vagabundos de roupas coloridas e afros bagunçados, uma cidade de praia onde as pessoas varavam a madrugada, e elas deitavam às nove da noite. Elas, que só conheciam as madrugadas em vigília de uma parturiente ou de um ferido, nada de festas sem fim, nada de se emaranhar em corpos gostosíssimos. Essa vida era proibida para elas.

Quando a Chechito me conta essa única saída às escondidas, essa desobediência que nasceu do seu umbigo, como tudo que nasce no Carnaval, percebo que sem o Carnaval eu talvez não tivesse nascido.

Quando fala desse momento engraçado, em que sem querer conheceu meu papi Manuel, e que ela tinha vergonha quando ele a tirou para dançar porque ele falou em inglês. Como ele nunca a tinha visto, pensou que ela era gringa e depois confirmou suas suposições porque a Chechito não sabia dar nem meio passo.

Eu vejo a água nascer do seu peito, do esterno coberto de pele e poros, do peito coberto de tetas deliciosas que têm um cheiro gostosíssimo, que é o cheiro da calma e do conforto. Esse peito que se enche de uma baba, como a dos caracóis, a água que botam pelo único pé que parece uma buceta úmida e enorme que vai deixando um rastro de muco com cheiro de marisco à sua passagem.

Estar viva graças à novidade do Carnaval me enlouquece. Gosto de estar viva sabendo que minha mami Checho saiu de casa por algumas horas, impulsionada pela velocidade da água que fervia dentro da buceta dela. Eu também sinto esse fervor quando acaba dezembro e as pessoas começam a se banhar depois do ano novo, mas a verdade é que se me perguntarem como a mamãe Checho é, se puserem isso numa prova na escola: Descreva sua mãe fisicamente, eu não poderia escrever nada normal. Porque minha mami Checho não é normal, é como quando deixam a água parada fluir, e ela exala um cheiro de beleza marrom-esverdeada, solta animais prontos para habitar a terra e parasitas que não podemos ver com o olho nem sentir com a língua.

Minha mãezinha Checho tem uma beleza de tanque, uma beleza invisível que se torna viva quando ela fica brava e canta errado as letras das músicas que não entende e de que não gosta, é uma água quieta que não sabe dançar, e parece que alguma criatura extraterrestre a obrigou a viver nesta casa, com estas manas. O mesmo extraterrestre que a levou para

Las Palmas e lhe disse esse preto magrelo de olhos cor de mel vai ser o pai das suas filhas e seu marido, embora vocês não tenham nada em comum além do gosto mútuo, vai ser seu marido, embora você seja uma garota fechada e ele um vagabundo trabalhador comunista e bêbado, esse vai ser seu marido, porra, fique quieta.

Mas vou fazer o exercício de contar para as folhas do pé de goiabas como é minha mami Checho. Subo com os pés chatos e longos no galho da árvore, me seguro com uma facilidade incrível nesses galhos, como se esse fosse meu lugar e não a terra que é onde a mamãe tanto pede que eu pise e pise, até que eu perceba que pertenço a ela e não à altura das árvores, que é o lugar onde me sinto alegre. Em cima das árvores, ninguém me diz o que fazer nem me obriga a falar de coisas que não entendo.

As árvores, especialmente a de goiabas, entendem minha língua, que não comunica nada com sentido. Se eu digo que minha mami Checho é um tanque de água, que cheira a podre delicioso, mas que tem uma aparência belíssima, e que minha única forma de encontrar calma na metade da catapulta de bobagens que acontecem no bairro é cheirando seu peito marrom cheio de poros abertos, o pé de goiabas se mexe, exibe seu verde com as folhas na minha cara e me ensina que as mamães, em seu silêncio e na sua expulsão do território próximo, também podem amar.

Eu vejo pouco minha mami Checho; quando ela está por perto eu me enfio nas suas tetas para sentir o cheiro do leite que a faz viver, mas ela me tira devagar e me diz, vá tomar banho, meu amor, vá tirar esse cheiro de porquinho grudado em você por ter ficado em cima das árvores tomando sol feito soldado pobre, e eu vou correndo tomar banho e me perfumar com a colônia infantil e procuro a mamãe para me enfiar, agora sim, limpa, agora sim, humana como ela, mas minha mami limpa e humana já foi embora voando, jorrada com a terra, já escorreu entre as fendas do piso de madeira, secou com o sol ou virou o tanque em que guardam os animais invisíveis e a vida se faz vida atrás do que o olho pode ver.

    Minha mami Checho é água e não conseguimos segurar a água com as duas mãos, nunca, por mais que gostemos da sua cor e do reflexo da nossa cabeça cabeluda nela, não podemos pegar a água com as mãos, só podemos pegar com a tromba. Por isso eu bebo minha mami. Quando ela não está me vendo, faço glub-glub, glub-glub e ela não percebe, mas na minha mente estou tirando vida dela para poder dar vida à minha vida. Sou como esses parasitas que crescem na água, silenciosos, invisíveis, sujos, não humanos, que pegam a vida e vivem além da água. Eu sei, quando minha mamãe não estiver, eu ainda vou estar aqui e terei ultrapassado sua água canibal, terei sido, enfim, a vida além da vida.

    A água subterrânea que não conseguimos enxergar.

Penico

Esta rabadilla que no me da,
esta rabadilla que no me da
que la tengo tiesa como un compás,
que la tengo tiesa
como un compás
manteca de iguana le voy a untar,
manteca de iguana le voy a untar
para que se mueva pa'lla y pa'ca,
para que se mueva
pa'allá y pa'ca.[24]

A mamãe Nela, que é a mais preta entre todas nós, canta para mim fora de ritmo e com um sorriso desbotado. É pretíssima e enorme como um tronco antigo, uma árvore que sustenta nossa casa. A mamãe Nela é do Norte, de Limones, alta e corpulenta, com as maiores tetas que já vi na minha vida, dois abacates maduros demais derretidos pelo sol.

Sentada na cama, eu a vejo secar suas tetas enormes depois do banho matinal. Passa loções, cremes e talcos debaixo das dobras desses dois corpos pesados, para depois pôr vistosamente

---

[24] "Este quadril que não requebra, este quadril que não requebra/ Que é tão tenso quanto um compasso, que é tão tenso quanto um compasso/ Com gordura de iguana eu vou untar, com gordura de iguana eu vou untar/ para que requebre para lá e para cá, para que requebre para lá e para cá." "Manteca de iguana", Nicoyembe. (N.T.)

seu sutiã preto modelador, o único que pode erguer a voluptuosidade que serviu de alimento das minhas manas, mas que poderiam bem saciar um batalhão inteiro, o bairro todo e a cidade.

A maior parte da arrumação do seu corpo consiste em secar as tetas e passar produtos perfumados para evitar cheiros fortes, por causa do suor produzido pelo uniforme de professora, calça de tecido azul-marinho e camisa branca com botões redondos e pretos perolados. Também faz um rabo de cavalo para trás penteando seu cabelo suave e tingido com bigen. Às vezes, quando está menos calor e sopra uma brisa da praia, ela passa um pó marrom nas bochechas e um pouco de rímel, mas o que sempre faz, sem falta, é passar o batom cor de vinho que ressalta seu lábio fininho.

A mama Doma a trouxe muito pequena para a cidade, como quase todas as pessoas que nascem em Limones. Terminou o primário e estudou numa Escola Normal que formava professoras. Mais do que uma vocação, isso era muitas vezes a única possibilidade para muitas mulheres que saíam do Norte: ser professora ou ter um marido policial ou militar. Por sorte, a mamãe Nela leva jeito para ensinar, para fazer seus alunos somar, ler, recitar, cortar e colar com perfeição.

A mamãe Nela, assim como a mama Doma, é parteira, curandeira, meio bruxa. Claro que eu jamais posso dizer na cara dela que é bruxa, porque dizer bruxa é o mesmo que dizer diabo, e ela é uma cristã fervorosa supercasada com nossosenhorjesuscristo e a virgemmariamém.

Ela sempre teve um carinho incomum por mim. Um amor estranho de ficar me olhando congelada, de me obrigar a fazer coisas que não quero, de apertar meus mamilos com o ferro de passar morno para que minhas tetas não cresçam, de ajeitar meu corpo para que eu não fique curvada, de moldar meu rosto e me deixar fininha. Com ela aprendi que isso é amar, sempre fazer com que os outros façam coisas que não querem pela força do olhar, do golpe ou da palavra. O amor é um supositório que enfiam no seu cu quando há amebas nadando dentro de você.

A mamãe Nela me levanta às quatro da manhã para eu cagar, e, quando era pequena, eu fazia isso no seu penico, que àquela hora estava tão frio quanto um morto.

Sonolenta, sob efeito da pouca claridade e do sono, esse penico parecia enorme, como uma piscina cheia dos mijos de todas as manas e mamis que a Nela Loma tinha obrigado, ao longo da criação, a mijar e cagar ali, às quatro da manhã.

Eu me imaginava nadando nos fluidos das minhas manas e nos da mami Checho, como um nascimento novo; de alguma maneira estão conectados os buraquinhos por onde se mija e o buraco intocável por onde minha mana Antonia disse que saem os bebês. Também as imagino minúsculas feito lesmas ou lesmas que de repente tinham a cara das minhas manas, nadando nos meus mijos. Todas somos mães e filhas desse penico velho onde nos obrigaram a mijar e cagar antes que o dia amanhecesse.

Ela e minha mami Checho me ensinaram a escrever, mas eu adquiri a prática porque a mamãe Nela decidiu, quando eu tinha três anos de idade, me levar para a escola onde ela dá aulas de artesanato.

Nossa rotina, de segunda a sexta-feira, era a seguinte: primeiro, ela me fazia cagar, embora às vezes eu realmente não tivesse nada a oferecer. Eu ainda ficava sentada no penico enquanto ela ligava o rádio, onde gritavam *pasillos*[25] e boleros

---

[25] O *pasillo* é un gênero musical e dança folclórica autóctone da Colômbia que tem sua origem na valsa europeia. No fim do século XIX, passou da Colômbia ao Equador, sendo considerado expressão da identidade musical e representante da alma do povo equatoriano. É um poema cantado. (N.T.)

dolorosos, e pedia para minha bundinha magra que, por favor, oferecesse algo a essa senhora para que ela me deixasse em paz de uma vez por todas. Eu raramente conseguia cagar na presença da mamãe Nela, cagar com espectadores me travava completamente.

Dizia a ela, mamãe Nela, não tenho vontade de cagar, por favor, ou estou com sono. Ela me lançava um olhar seco e levava embora o penico, reclamando da minha grosseria.

Depois nos sentávamos ao pé da cama para rezar e ler a bíblia. Meu papi Manuel não gostava que me fizessem rezar nem ler a Bíblia porque dizia que iam me deixar alienada ou aluada. Não entendia bem o que eram essas bobagens, eu só queria ficar dormindo com a cara aberta para sempre. Depois ela me mandava tomar banho de água fria, porque era importante despertar a cabeça, outra tortura para meu corpo friorento; meus ossos tiritavam, os dentes batiam, sentia que ia sair dali tão rápido quanto uma cobra entra num buraco profundo.

Saía do banheiro sem conseguir falar, meus dentes se comiam entre si tentando recuperar um pouco de calor.

Depois me penteava... me vestia.

Tudo rígido e doloroso como se meu corpo não sentisse, como se estivesse penteando um pé de manga, que não pode tremer quando lhe arrancam as folhas, ou que treme sem ser ouvido. Desde que a mamãe Nela me penteava e tirava cabelo pra caralho do meu couro cabeludo, eu parei de arrancar as folhas das árvores. Embora eu dissesse, mãezinha, tá doendo, aiaiai, por favor, tá doendo, ela continuava me penteando com dureza como se não me escutasse, talvez doa assim nas árvores, um grito feito num sonzinho que meu ouvido de garota não percebia. Sempre me pergunto se as árvores sentem e acompanham a dor das coisas que acontecem ao seu redor.

Eu dizia, mamãe Nela, minha cabeça tá doendo, mas ela continuava penteando e arrancando muito cabelo. Eu via meu cabelo desfiado no chão de madeira, tão limpo que dava para comer nele, e me dava vontade de chorar.

Quando a mamãe ia tomar banho e se arrumar enquanto a Noris servia o café, eu recolhia todo o meu cabelo, levava-o escondido nas mãos e o enterrava no meio das árvores: o pé de goiaba e o de chirimoia.

Por fim, comíamos bastante no café da manhã para ter força suficiente para ir a pé até a escola.

Toda vez que durmo na cama da mamãe Nela tenho uns sonhos vívidos e sufocantes, pesadelos e perseguições que não dão em lugar nenhum.

Há pouco tempo sonhei que o cabelo que tinha ficado enterrado em meio às árvores do pátio começava a criar raízes, a crescer de maneira descomunal. Dos galhos de cabelo e terra cresciam umas bolas de sebo que logo adquiriam minha cara, meus gestos. Eu me aproximava da árvore tremendo, porque tinha escutado um barulhinho e começava a avistar as fuças iguais às minhas, a mesma boca, o mesmo nariz pontudo de bruxa anã e os olhos de cavalo, tudo igual a mim de um jeito tão doentio. Gritava quando uma das bolas de sebo me convidava para conversar, e a mamãe Nela, como sempre, já estava pronta abrindo o toldo para buscar o penico onde eu teria que cagar alguma coisa, oferecer qualquer pedaço de entranha apodrecida, uns peidos de carne: uma eu transformada em cocô para que ela me deixasse em paz.

Para mim, era difícil entender por que eu tinha de dormir com a mamãe Nela e não no meu quarto; foi uma decisão tomada entre todas elas, trancadas, sem me dizer o que estava acontecendo. É verdade que, uma vez, o papai Chelo foi para o meu quarto na madrugada por engano e se deitou na minha cama.

Também é verdade que às vezes a Noris entra e eu faço tranças nela.

A mamãe Nela disse que eu não tinha que ficar tocando qualquer pessoa, mas para mim a Noris não é qualquer pessoa, é minha mana. Tão mana quanto a mana Tita, a mana Antonia, a mana Rita, a mana Catucha. Tão mami quanto minha mami Checho. Ela faz minha comida, me vestia quando eu era pequena, às vezes me levava para brincar no parque infantil, cuida da minha maninha, por que eu não posso penteá-la?

A mamãe Nela não gostou nem um pouco das perguntas que eu fiz.

Eu disse, mamãe Nela, se a Noris cozinha para mim, lava minha roupa, canta e brinca comigo, por que não posso penteá-la? Ela me olhou abrindo bem os olhos como os sapos que entram na casa da fazenda quando chove, e eu também abri os olhos, e ficamos assim nos olhando por muito tempo sem piscar.

A primeira vez que tivemos esse duelo de olhares, sonhei que as horas e os anos passavam e nenhuma das duas fechava os olhos; então, começávamos a chorar, mas nenhuma baixava o olhar.

Burra ela e burra eu, a casa ficava afundada em água de sal dos olhos.

Depois, se formava uma praia famosa onde, como sempre, vinham os turistas ricos e fedidos da serra mijar, vomitar e mexer com as garotas que faziam casinhas nos pés de goiaba, manga e chirimoia.

Levando em consideração que tinha se formado um mar de lágrimas de mamãe e de filha, e a casa tinha ficado afundada, essas garotas não tiveram escolha a não ser abrir uma barraquinha de *corviches*, *aborrajados*,[26] e ferrar com os turistas enquanto eles vomitavam sobre o mar a aguinha dos nossos olhos.

Mesmo assim, não baixávamos o olhar e esse mar água de olho continuava crescendo e nos afundando completamente.

As caminhadas com a mamãe Nela até a escola me faziam esquecer a dor na bunda, a caganeira impossibilitada, as puxadas de cabelo, a Bíblia e a água fria. Nela Loma se transformava numa senhora fofa que cantava enquanto subíamos e descíamos ladeiras. Ela se transformava numa amiga grande que cantava fora do ritmo, contava causos do meu nascimento, todos os dias, como se fosse uma reza repetitiva, dessas rezas e cantos que angustiam e te fazem chorar nos velórios, por mais que você não conhecesse o morto nem de vista.

Filhinha, eu só bebi uma vez na vida, fiquei bêbada quando você nasceu. Fiquei bêbada e nessa época a música da moda era *ahhhh, me robó el corazón, esta muchachita me rompió el corazón, aahhhhh, devuélveme mi amor, esta muchachita me rompió el corazón.*[27] Fui feliz no seu nascimento, filha, minha primeira neta. Minha rainha, minha menina, minha mulherzinha.

Eu só conseguia pensar na impossibilidade de ver a mamãe Nela festejando como no dia do meu nascimento.

Pensava em como seria oportuno nascer de novo.

Nascer todos os dias, de novo e de novo.

---

[26] Prato colombiano que consiste num bolinho de banana madura empanado e geralmente recheado com queijo ou com queijo e goiabada. (N.T.)
[27] "Ah, me roubou o coração, esta mocinha quebrou meu coração. Ah, devolva-me o meu amor, esta mocinha quebrou meu coração." (N.T.)

Sair da vagina da minha mami Checho, num dia 5 de setembro, como a filha de Vico-C, às onze e quarenta da noite, de novo e de novo e de novo. Que apareça minha cabeça redonda, que expanda os ossos do quadril da minha mãe, que rasgue um pouco a união da buceta com o ânus para que minha vida seja possível e assim também a bebedeira da mamãe Nela, que agora não dança nem de brincadeira.

A mamãe Nela, que sempre está brava com alguém, principalmente com as manas e as garotas da casa, mas nunca com os manos e os caras que carregam as frutas da fazenda.

Ela sempre sorri aos homens e fala mal das mulheres. A mamãe Nela, atrás das manas, impedindo qualquer fogosidade, ou seja, o curso normal da vida.

A caminhada era longa e alegre enquanto vários homens e mulheres cumprimentavam Nela com respeito e carinho. Muitos tinham sido seus alunos, outros tinham nascido graças a ela ter sido parteira de suas mães. De outras ela tinha curado o espanto, o mau-olhado, a febre, a malária, a coceira e as manchas na pele. Tinha inclusive impedido crianças de crescerem com seis dedos em uma das mãos, amarrando um barbante duro no dedo extra assim que saíam de dentro de suas mamis. Também tinha adivinhado para algumas mulheres se seu filho era homem ou mulher olhando as barrigas salientes por uns minutos ou esfregando a protuberância do ventre, e dizia esta barriga é de menina ou esta é de menino.

Algumas velhas gritavam para ela, Nela, filha, Deus te abençoe e te guarde, você e suas filhas, Domita está cuidando de vocês lá do céu.

Outros perguntavam a ela o que podiam tomar para levantar cedo, para ter boa memória, para poder estudar. Com uma vozinha infantil ela dizia eu ponho mastruz atrás das orelhas das minhas filhas e mentrasto no forro do travesseiro. Ponho alfafa nos sucos, exijo que descansem antes de ir tomar banho. Se não, olhem minha garotinha, aprendeu praticamente sozinha a ler e escrever, dizia orgulhosa enquanto apontava para mim.

Mas a Nela Loma do casarão familiar é, na verdade, um general da polícia, um capataz de fazenda. É bravíssima, zangada com todo mundo, menos comigo. Só me olha feio quando fico inquieta e com esse olhar eu entendo que tenho de me calar, caramba, tenho de parar minha brincadeira de merda e sentar ali e ler calada os livros que meus pais me dão, sentar para comer o abacate amassado com açúcar das cinco da tarde sem dizer uma palavra.

Não importa quanto tempo passe, não importa a fome da casa, as mulheres que ele fode ou as surras que ele dá nas filhas, nos homens e nas garotas da limpeza com a mesma rigidez, o papai Chelo, quando volta, sempre é bem cuidado pela mamãe Nela.

Não importava que passassem os meses e só minhas manas e ela levassem comida para casa, não importava que viessem senhoras do Norte e dissessem dona Nela, seu marido está lá na fazenda com outra mulher mais jovem, uma folgada que rouba o dinheiro dele. Quando o papai Chelo volta, ela faz três tipos de *encocaos*[28] para ele, três tipos de sucos, três tipos de arroz e saladas e bananas-verdes fritas e várias sopas.

---

[28] Prato típico da costa de Esmeraldas, de mariscos cozidos em molho de leite de coco. (N.T.)

Mata duas ou três ou quatro galinhas, manda comprar porco fiado no armazém, põe todas as garotas em fila, as manas em fila, o mundo em fila, Deus e o diabo em fila: para ralar coco, fritar bananas-verdes, picar vegetais, fazer jarras intermináveis de suco. Espremer limões, cortar chicórias, colher manjericão, ferver folhas de hortelã em caçarolas, passar café com paus de canela: tudo para receber *seu* Chelo.

Nós nos sentamos na mesa comprida de madeira, o papai Chelo na ponta. Às vezes eu fico ali no assento da ponta de propósito, para confirmar que ninguém mais pode se sentar, e me tiram dali aos puxões. Então, ficamos em volta da mesa todas em silêncio, um silêncio incomum que eu só ouço quando o papai Chelo volta pra casa. É como se todo mundo no bairro entrasse num acordo para se acalmar, para baixar o volume dos alto-falantes dos rádios, para não gritar nem falar bobagens; nem o vento sopra forte como deveria quando o nariz de tucano do papai Chelo está presente na nossa mesa. Tudo transcorre em silêncio, ninguém tem língua, só a língua com que estamos almoçando enquanto a mamãe Nela e a Noris vão trazendo os pratos de comida.

Meia mesa de pratos e sucos para o papai Chelo e um prato médio para as mulheres. Ninguém pode se levantar antes do *seu* Chelo, ninguém além dele pode falar enquanto todas nós comemos.

Depois dessas refeições acontecem coisas estranhas, choros baixinhos. As manas têm insônia, quase nenhuma dorme quando o papai Chelo volta. Eu mesma perambulo na minha cabeça sem conseguir dormir de verdade e não consigo encontrar o motivo. Também não sei por que é necessária a existência do papai Chelo na casa. As manas fazem tudo, as garotas e a Noris fazem o restante; a mamãe Nela também, sem falar na mami Checho. Para mim, os pais são seres que nem dá para dizer que enfeitam a casa, mas que bagunçam. Ainda mais o papai Chelo, que bagunça todas as mulheres da casa só com sua presença.

Certa noite, quando ainda não estava decidido se eu devia dormir com a mamãe Nela enquanto o papai Chelo estivesse em casa, ele entrou no meu quarto.

Eu não sabia que era ele até ver seu corpo se mover em direção à janela.

Esperei para ver o que ele faria, ele se moveu desajeitadamente da janela para minha cama. Instintivamente, corri para o lado oposto de onde estava o corpo dele. Eu não enxergava quase nada, mas meu quarto começou a se inundar com o cheiro de seu suor azedo e seu hálito de aguardente. Era ele, tinha de ser ele.

Ele voltou lentamente até a janela do meu quarto que dava para o quintal, de onde dava pra ver meus pés de goiaba, chirimoia e o de manga. Através da pequena luz que entrava como um triângulo, vi que ele estava segurando uma arma. Uma arma que podia ser qualquer coisa, que eu teria gostado que fosse outra coisa, mas era uma arma. Sei que as pessoas têm armas nas suas fazendas porque precisam se proteger, especialmente se a fazenda fica numa ilha com seu sobrenome e é cercada por manguezais com raízes aéreas. Ladrões e piratas podem aparecer e você precisa se defender. Mas eu nunca tinha visto a arma nesta casa, e a cor do metal enferrujado, visível através do triângulo de claridade da luz do pátio, era o que o medo parecia: um velho bêbado segurando uma arma enferrujada, e uns olhos pequenos procurando sem saber para onde correr. Um velho bêbado se escondendo para se tornar uma sombra que te faz tremer involuntariamente. Ouvi o tiro abafado e um grito agudo que entrou e se afogou entre meus lençóis. Um grito não humano que fez minha bexiga explodir.

Comecei a engasgar quando diferentes corpos entraram, gritando palavras que eu não conseguia identificar, e esticando e dando socos por todos os lados, enquanto eu continuava mijando no colchão e na colcha dos Simpsons que meu papi Manuel tinha me trazido de uma viagem.

Os corpos, em meio a trovões e choros, puseram *seu* Chelo para fora do meu quarto. Eu permanecia imóvel.

Havia um silêncio incomum na casa, aquele som cego ficou nos meus ossos pelo resto da minha vida. A mamãe Nela entrou, me pegou nos seus braços negros e gordos e me levou para seu quarto. Ela lavou minha cara molhada e trêmula, me disse: Ainhoa, abra a boca, e me deu uma colherada de um líquido escuro que tinha gosto de merda.

Caí num sono profundo que nunca mais senti no meu corpo.

No dia seguinte, ninguém saiu de casa, a Noris e as manas serviram o café da manhã em silêncio. Aquele silêncio que vibra, que não se ouve com os ouvidos, mas que se sente nos ossos todinhos e que ninguém queria quebrar.

A mulherada usava óculos escuros, minha mami Checho também usava uns óculos escuros que eu nunca a tinha visto usar antes e o papi Manuel estava lendo o jornal na sala, fumando de costas para nós.

Ninguém disse uma palavra, decidi pela primeira vez que não tinha nada a perguntar e senti raiva: a raiva aguda de não saber.

Eu não tinha terminado de comer quando a mamãe Nela veio me dar outra colher daquela água, aquela água de cu feita de ervas do diabo, que eu nunca soube de que mistura era feita. Tomei sem dizer nada, e então ela me pegou pela mão, enquanto eu ia ficando tonta do corredor até o quarto dela.

Não aguentei: mamãe Nela, o que eu tenho?

Você está crescendo, florzinha, é só isso o que você tem, filha. Arrumou o tecido do dossel, apagou as luzes e me trancou quase desmaiada no quarto.

Canoa do Riviel

Uma ilha no meio da sala de estar da casa da mamãe Nela, como aquelas janelinhas nos barcos em que as cabeças assomam ou aquelas divisões estreitas nas barcaças, meu quarto é assim: uma toca, uma separação na sala de estar construída com compensado, uma madeira fina que parece papel e que me permite ouvir tudo o que acontece na sala de estar ou no quarto da mami Checho e do papi Manuel, mas, quando ouço coisas que me deixam com preguiça, começo a cantar alto ou ligo o toca-fitas e coloco músicas loucamente, canto por cima delas para não saber o que está acontecendo ao meu redor.

Acho que, às vezes, é importante não saber o que está acontecendo lá fora, como quando os mosquitos voam e você os esmaga ou afasta com um pedaço de pau, assim como as vozes das pessoas que entram para me interromper, elas sobrevoam inconvenientes, mas são fáceis de desligar.

Há uma janela pela qual posso ver meus pés de goiaba, manga e chirimoia; o céu fica tão azul ou tão branco que me faz sentir como se estivesse atravessando num barco de pesca até a ilha Tolita de los Ruano. Sou um pescador que vê uma cachoeira de robalos sair do seu barco, ou sou o Riviel[29] numa canoa assustando dançarinos no meio dos manguezais.

---

[29] De acordo com uma lenda de Esmeraldas, Riviel é um espírito que viaja à noite em uma canoa pelos rios e que assusta as pessoas que cruzam seu caminho. Depois, ele as derruba na água e afunda com elas, na intenção de afogá-las. (N.T.)

No meu quarto, tenho uma cômoda rosa e amarelo-patinho com oito gavetas. Na primeira, guardo minhas calcinhas brancas e minhas camisetas brancas para a escola; na segunda ficam as calcinhas de *mikeimause*, calcinhas do godzila, com animaizinhos irreconhecíveis que me fazem rir, com palavras estranhas como f-a-b-u-l-u-s, feitas com *glitter* dourado e pedrinhas furta-cor de que gosto muito, mas que meu papi Manuel diz que estão mal escritas.

Na terceira gaveta ficam meus vestidos e shorts, para brincar no quintal, para me arrastar sem medo de rasgá-los; na quarta ficam minhas camisetas dos Rugrats, que uma vez vi na televisão, mas meu papi Manuel explicou que a televisão me aliena, e eu só conseguia imaginar uma lua cheia crescendo no nariz herdado do papai Chelo, e fiquei com medo e desliguei a televisão para sempre.

Na quinta gaveta, guardo minhas saias e vestidos do dia a dia, que são os que não posso usar para brincar no quintal, mas posso pôr para ficar na sala ou para ir à calçada ou para passear no parquinho com a mulherada; na sexta gaveta ficam meus biquínis de duas peças, maiôs com as cores do arco-íris, shorts de natação, mas também tangas que minha mami Checho não me deixa usar sem um pareô por cima, blusinhas com flores coloridas e cobertas com plástico, para nadar na praia, na piscina e no rio.

Na sétima gaveta, meus vestidos para festas e reuniões, aqueles que me vestem para um batizado, uma matinê ou um velório-enterro, ou para ir à missa aos domingos, quando meu papi Manuel não acorda em casa, e a mamãe Nela aproveita para me levar para rezar aos cristos na igreja do bairro e beijar as pérolas brancas que brilham na escuridão do rosário.

Na oitava gaveta, guardo meus livros e meus diários, pequenos cadernos cor-de-rosa que minha mami Checho me dá para que eu possa escrever o que não sai da minha boca. É como se um animal vivesse na minha garganta e me lembrasse do vazio das coisas que dormem em silêncio no corpo e que não podemos falar, mas a mamãe também se assusta se eu falo em voz alta, como se estivesse rezando uma missa ou como um político num comício. Também não sei o que é um comício, mas sei que os políticos ficam em cima de palanques, como dançarinos de Carnaval, e gritam palavras estranhas na cara das pessoas.

A mamãe acha que eu sou exatamente isso, uma espécie de político pequeno, apesar de eu não saber o que é um ser pequeno para ela. Entendo o que está acontecendo ao meu redor, mas ainda não tenho todas as palavras na língua, por isso falo em voz alta: para que aconteça o milagre de que as palavras que ainda não se aninharam na minha língua viperina apareçam como cogumelos na pele das pessoas que moram perto de Petroecuador.

Mas minha mami nunca fala sobre o medo, ela me diz que se preocupa com o fato de eu não conseguir conversar sem falar com ela sobre outra coisa que não tem nada a ver com a primeira coisa sobre a qual tinha começado a falar, como agora, que estou mostrando minhas gavetas para vocês e fico delirando sobre o medo que a mamãe Checho tem da minha língua solta.

Também não sei por que minhas formas de falar começam a se dispersar, como quando alguém faz xixi pela janela e vê os respingos caírem em mil fios pequenos no chão e um desenho se forma, como raízes marrons, que depois desaparecem sob a força do sol. Aquele pequeno momento em que você consegue desenhar com a água que sai da sua buceta é lindo, mas minha mamãe me pegou fazendo isso e me disse que eu era um cachorro macho e quase me atirou pela janela. Felizmente, o papi Manuel, que ri de tudo, entrou e acalmou os ânimos.

No meu quarto, a canoa de Riviel, tem também minha cama, uma sapateira onde guardo minhas botas, meus tênis e meus chinelos, um abajur com uma lâmpada que, na verdade, é uma lâmpada amarela sustentada por um animal que não consigo reconhecer; às vezes acho que é uma vaca, mas suas asas me deixam atordoada. Detesto não saber como nomear as coisas, então dei a ela o nome de Irene e escrevi no meu diário: Irene é um animal de porcelana que parece um mamífero, mas tem asas e uma tromba de elefante. A mamãe Nela diz que é o diabo e manda jogar essa porcaria fora, mas eu me apaixono por tudo o que me cerca e ela não fala comigo pela garganta, mas pelo seu brilho, exagerado como o dos parasitas nas feridas dos cachorros, comunicando uma ajuda que se escuta dentro do corpo e não no ouvido.

Gosto da luz que entra pela janela do quarto e me força a olhar para as fotos dos meus pais recém-casados, sérios, nos seus porta-retratos de madeira grossa pendurados na parede, com detalhes dourados que se desgastam com o tempo, tão magros que dão medo e felizes como nunca vi; bem, pelo menos não vejo minha mami Checho tão feliz desde que nasci.

Há também a foto de quando eu era uma garotinha e eles me levaram para ver o Panecillo de Quito. Estou usando umas botinhas pretas que todos odiavam, mas que eu e meu papi Manuel adorávamos, um casaco de pelúcia verde, um chapéu rosa com um pompom na parte superior e meu sorriso de robalo, pulando no frio atrás da bunda da virgem de cimento. É uma instantânea, meu papi Manuel me explicou, porque eles a tiram e entregam em poucos minutos, não é como os rolos da Kodak que você tem de levar para revelar e que podem se passar muitos meses até que você consiga ver sua cara através das divisórias de plástico do álbum de família.

Também tenho uma mesinha redonda que minha mami Checho chama de escrivaninha, para fazer meu dever de casa, sentar e ler, mas não a uso muito, faço minhas tarefas na sala de jantar com minha mana Antonia e leio os livros nas árvores. Gosto de escutar minha voz através do barulho que as folhas de goiaba fazem com o vento, minha mami Checho não sabe disso porque odeia me ver trepada como uma iguana, pegando sol e cheiros porcos, mas ela não entende que as árvores me chamam através dos seus pequenos movimentos e me ouvem sem medo de que minha língua fique presa no pescoço. As árvores são as únicas nesta casa que entendem meu delírio.

Minha cama tem um colchão duro, mas confortável, que me ajuda a descansar sem que minha coluna se retorça, também é por isso que me levam para nadar na piscina pública, para que minha coluna não se mova como uma centopeia fumigada e se recuse a me sustentar. Nado na minha cama, entre os lençóis cor-de-rosa e o edredom dos Simpsons, eu nado, rolo e cheiro profundamente aqueles lençóis com o rosto colado neles como se estivesse afundando em água de verdade e sinto o cheiro do meu mijo.

Eu me esforço ao máximo para não mijar na cama, mas isso continua acontecendo. Há um tremor nos ossos do meu rosto que não me deixa dormir, fecho os olhos e ouço o tiro, e de imediato o gosto do remédio que me deram se mistura à minha saliva.

Não consigo dormir, observo o movimento das minhas árvores pela fresta que deixo aberta na janela, para sentir que não estou inventando uma história, ou que é mentira que a história se repete, como quando você vira a fita cassete de cabeça para baixo ou a rebobina, e ouve as vozes que costumavam ser bonitas e melódicas como se um milhão de abelhas tivessem entrado pelos buracos da minha cabeça e estivessem zumbindo dentro de mim.

Acordada, penso no som das coisas e em como os rostos que entram no meu quarto no escuro deixam de ser próximos e reconhecíveis, para se tornarem massas abomináveis, e, por isso, sem perceber, começo a me mijar, como se um furacão me arrastasse do céu e eu dormisse com um golpe.

Adormeço e me mijo toda.

A mamãe Checho quer me esmagar viva, ela quer me pôr de volta no seu ventre, me comer pela boca entre suas pernas e me fazer desaparecer dentro dela, mas eu corro para o pé de manga antes que ela possa me alcançar.

Não sei por que não consigo dormir, a mamãe Checho e o papai Manuel me explicam que nem todas as meninas têm seu próprio quarto, que eu deveria aproveitá-lo, que eu deveria dormir plenamente, mas não sei como dizer a eles que não sou eu, que quando fecho os olhos na pequena luz do pátio que entra pela janela, as vozes me invadem e o tiro e os corpos daquela noite se movem estrondosamente, mas eles parecem não saber que às vezes as palavras ficam penduradas nos meus molares de trás, os molares que ainda não caíram as engolem, e eu não tenho escolha a não ser balançar a cabeça sem poder falar.

Sei que tenho sorte de ter um quarto-canoa de Riviel, mas não consigo calar naquela noite, é como se as sombras voltassem sempre que o sol se põe atrás do morro da Guacharaca. Voltam como os gatos vadios no quintal da mamãe Nela, as pessoas voltam na forma de rebites e minha saliva não é mais a mesma, mas a bebida nojenta que tem gosto de merda.

A cama se mexe de um lado para o outro, porque o piso que sustenta meu quarto não é mais feito de madeira, e sim de água salobra verde-mangue. Tudo começa a balançar, primeiro para a direita e depois para a esquerda, a cama se inclina lentamente e a janela não me traz mais suas luzes tremeluzentes, mas entra um vento úmido e salobro, que é a fuligem da água, gotas que brilham quando o motor do barco de pesca corta o mar sem timidez para transladar peixes, frutas e seres humanos de uma ilha para outra.

E, do nada, acontece o milagre da água nascendo pela minha buceta.

Ao amanhecer, já estou molhada e salgada, como se estivesse saindo do mar e não de um sono tranquilo. Noris lava os lençóis úmidos e a mamãe Nela me leva para seu quarto para rezar e me lavar. Para me explicar que meninas não mijam, caramba, que até quando você vai mijar, florzinha, que vergonha, meu amor, que exemplo você vai dar para sua maninha quando ela crescer, se você mesma é a mijona.

No meu quarto não há apenas a escrivaninha, a cômoda, o abajur-casa de Irene e a cama que me translada para o mar; há também uma penteadeira onde eu me olho e tento pentear a juba indomável que é meu cabelo, e faço coques, um após o outro, com xuxinhas coloridas, me perfumo com minha pequena colônia infantil, que logo desaparece ofuscada pelo cheiro das minhas axilas e do meu pescoço, passo um pouco de brilho rosa na minha cara e saio para brincar no quintal.

A luz invade meu quarto e logo depois me sinto expulsa dele, como se o sol e o vento estivessem me dando permissão, menina, queremos limpar o fedor que você deixou espalhado, vá, vá, vá para fora, para o quintal, saia daqui, e me mandam perambular como uma alma, como uma aparição, como a *tunda*[30] nas montanhas imitando as vozes de todas as mamas negras:

> *Soy la meona*
> *camino expulsada de mi cuarto por el patio, me trepo*
> *al árbol de guayabas*
> *a ver cómo la luz y el viento habitan el espacio*
> *antes ocupado por mi cuerpo en temblor.*
>
> *Soy la meona,*
> *aparezco entre los árboles*
> *hablando sola,*
> *hablando de cosas sin sentido*
> *de cosas sin pies ni cabezas,*
> *o hablando de cosas*
> *que tienen tantas cabezas*
> *que es imposible distinguir*
> *el inicio*
> *o el fin*
> *de las bocas que me viven.*
>
> *Soy la meona, digo cosas extrañas*
> *que hacen que ocurra el silencio:*
>
> *digo que una vez*
> *vi sombras*
> *en mi cuartito bote de Riviel dividido con pleibo,*
> *digo que detrás de esas sombras distinguí*
> *la cara de mi papi Chelo*

---

[30] Na mitologia afro-equatoriana e afro-colombiana, *la tunda* é um monstro com aspecto feminino que atrai as pessoas e as retém na floresta. (N.T.)

con un fierro que explotó dentro de mi cuerpo,
un fierro que me reventó por dentro.

Digo que la bala no entró en mi carne,
no trituró mis intestinos
pero me carga
todas las noches
hasta ese día.
Una y otra vez zumbo
como casé rebobinado.

Soy la meona,
no estoy segura si las palabras
que salen de mi boca canteada como una lancha
con sobrepeso
son reales
o son una invención de carne y hueso.

Soy la meona,
¿a dónde es que voy?
¿para dónde carajo es que voy?

Y jamás habrá respuestas.[31]

[31] "Sou a mijona/ Caminho expulsa do meu quarto pelo pátio,/ subo no pé de goiaba para ver/ como a luz e o vento habitam o espaço/ antes ocupado pelo meu corpo em tremor. // Sou a mijona, apareço entre/ as árvores falando sozinha,/ falando coisas sem sentido,/ coisas sem pé nem cabeça,/ ou falando coisas que têm tantas cabeças que/ é impossível distinguir/ o início ou o fim das bocas/ que vivem em mim.// Sou a mijona, digo coisas/ Estranhas que fazem o silêncio acontecer: // Digo que uma vez vi sombras/ No meu quartinho-canoa de Riviel/ dividido com compensado,/ digo que atrás dessas sombras/ vi a cara do papai Chelo/ com uma arma que explodiu dentro do meu corpo,/ uma arma que me arrebentou por dentro.// Digo que a bala não entrou na minha carne,/ não triturou meus intestinos, mas me/ leva todas as noites para esse dia./ De novo e de novo faço zumbido/ como um cassete rebobinado.// Sou a mijona, não tenho certeza/ se as palavras saem da minha boca/ inclinada como uma lancha com sobrepeso/ são reais ou uma invenção de carne e osso.// Sou a mijona, aonde é que vou?/ Para onde estou indo, caramba?// E nunca mais haverá respostas."

Febre

Não consigo identificar o que está me empesteando.

Minha memória ainda é um mapa recortado a facadas pela mulherada e pela mamãe Nela no seu silêncio de água-viva. Acordei com febre em dez de cada trinta ou trinta e um dias do mês.

A febre parece nascer do fundo do quintal, de fora do meu corpo.

É verdade que é minha pele que esquenta, ainda mais minha testa, mas é uma febre antiga, muito estranha, que sobe como um escorpião antes de enterrar seu ferrão. Uma febre descoberta sob as camadas da terra, fora e bem no fundo do fundo do pé de goiaba.

Com meu maiô com as cores do arco-íris e o cabelo enfiado na touca de natação de borracha, olho para a água azul, o reflexo do céu, também azul, e suas nuvens cor de cocô de pombo balançando nesse universo líquido que me mantém de pé. Minha coluna estava tatuada como um verme retorcido, quando me levaram para fazer um raio-X, no dia em que me sentei para desenhar no chão da sala e não consegui me levantar mais.

Era só o que faltava, gritou a mamãe Nela estressada, porque é claro que ela já estava de saco cheio do meu número incontável de doenças e dramas. Primeiro foram as febres, depois a falta de sono, a falação solitária e agora a coluna.

Me pegaram no colo e me levaram de táxi até o dr. Minda, que disse que tudo o que eu precisava fazer era nadar com frequência para que a dor passasse. E foi assim que comecei a frequentar a piscina pública perto da praia de Las Palmas. Geralmente é meu papi Manuel que me leva lá, embora às vezes ele me deixe na caminhonete até a rua Inmaculada e me diga para pegar o ônibus. É claro que não conto à mamãe Nela ou à minha mami Checho, porque algo na maneira como meu papi fala me faz entender que é nosso segredo, que tenho de ficar calada.

Dentro de um ônibus, indo para a piscina, uns velhos começaram a me perguntar por que eu estava sozinha, eu disse que ia nadar, não queria responder, mas às vezes a boca é obediente. Um deles me perguntou, apontando os olhos para minha virilha, se eu já menstruava, e eu respondi que não, mexendo a cara petrificada de um lado para o outro. Algo engasgou na minha garganta e eu quis correr, mas fiquei tensa. Outro deles me disse menina, não ande sozinha, que hoje em dia eles estupram as garotas que andam assim pela vida, e me enfiou o dedo do meio na boca antes de sair correndo.

Foi a primeira vez que os tremores apareceram durante o dia, cheguei tremendo à aula de natação e tive medo de tirar a roupa para pôr o biquíni na frente do professor de sempre.

Troquei de roupa no vestiário e fiquei olhando minha buceta desenhada através do tecido, a capacidade de saber que eu tenho uma vagina só de reparar nela por mais de cinco minutos me fazia tremer ainda mais, liguei o chuveiro e apertei minha cara para parar de me mexer como um animal envenenado, vesti um short que havia trazido para voltar e saí para ter aula quase vestida.

Coisas estranhas sempre acontecem comigo nos ônibus, como tudo que o cobrador me disse sobre minha bunda e o modo como ele me olhou, como se pudesse realmente me tocar com seus olhos fixos. No entanto, assim que subo no trampolim para mergulhar no tecido azul-claro que é a piscina antes de ser tocado, esqueço completamente o mundo lá fora, dos ônibus e das vezes que espero muitas horas pelo meu papi Manuel e o professor tem de me levar ao ponto de ônibus para que eu possa pegar o ônibus certo para me levar para casa.

As doenças começaram com as febres, às vezes até consigo provocá-las respirando forte, sem fechar os olhos ou sonhando com algo que me sufoque. Então, quando estou fervendo, eu me levanto e corro pela casa toda falando sem que minha cabeça saiba o que está saindo da minha boca.

Às vezes, ouço minha mami Checho reclamando, abafada pela música que toca no volume máximo, que sim, Manuel, se você continuar desaparecendo assim sempre que te der na telha, essa merda vai acabar de uma vez. Que por acaso ele achava que ela não percebia que ele estava procurando uma desculpa para me deixar na piscina e sair para pegar mulheres e beber naqueles bairros. Mas meu papi Manuel sempre responde rindo a todas as reclamações, é realmente inútil falar com ele. É como se, em vez de língua, ele tivesse um toca-discos repetindo a voz de La Lupe na garganta.

Essa maneira doentia de me comunicar por meio do *son* e do *guaguancó*, por meio de um *vámonos pal monte, pal monte pa guarachar*,[32] eu aprendi com esse papi, tenho certeza.

E a febre vem depois de sonhar com a voz de La Lupe, entrando através do meu cabelo com aquela risada horripilante.

---

[32] "Vamos para o monte, para o monte farrear." "Vámonos pa'l monte", Eddie Palmieri. (N.T.)

Primeiro vem sua voz, sussurrando algo baixinho, e então consigo ouvir, ao longe, o aaiaiaiaiaiaiaiii yiyiiiyiiiiiiiiiii gurrrrrrrupi beibi gurruuuuuupi, sufocando os ossos abaixo do meu pescoço, e mais abaixo, bem abaixo, os soluços da mamãe Checho e a risada animalesca do papai Manuel, e eu de fato começo a ficar com calor:

> *Sabes cuánto yo te quiero sabes cuánto siento por ti,*
> *y cuando estás entre mis brazos*
> *arde la fiebre, ay, muy dentro de mí.*
> *Tú me das fiebre,*
> *cuando besas, fiebre si me abrazas tú,*
> *fiver, de mañana, fiebre en la noche azul.*
> *Todo el mundo tiene fiebre,*
> *eso bien que lo sé yo*
> *tener fiebre no es de ahora,*
> *hace mucho tiempo que empezó,*
> *dame tu fiebre, ¡ay!*
> *Cuando besas, fiebre si me abrazas tú,*
> *fiver de mañana, fiebre en la noche azul*
> *todo el mundo, todo el mundo tiene fiebre,*
> *eso, eso bien que lo sé yo*
> *tener fiebre no es de ahora,*
> *hace mucho tiempo que empezó.*[33]

---

[33] "Sabe o quanto eu te quero, sabe o que sinto por você,/ e quando está em meus braços,/ a febre queima, ai, bem dentro de mim./ Você me dá febre,/ quando beija, febre se me abraça,/ *fever*, de manhã, febre na noite azul./ Todo mundo tem febre,/ isso eu bem sei,/ ter febre não é de agora,/ faz tempo que começou,/ me dê sua febre, ai!/ Quando beija, febre se me abraça,/ *fever*, de manhã, febre na noite azul/ todo mundo tem febre,/ isso eu bem sei,/ ter febre não é de agora,/ faz tempo que começou." "Fiebre", La Lupe. (N.T.)

A mamãe Nela diz que essas febres que tenho são causadas por bichos e amebas, então ela prepara um pedacinho de limão, mentol e uma mistura de ervas maceradas na tampa de um mentol chinês, aquece-os colocando a tampa no fogão por um tempo e depois me segura entre suas pernas e me imobiliza. Deixa a mistura esquentar e enfia a enseada morna e ardente na minha bunda. Entra com seu dedo indicador com a unha pintada de bordô no mais profundo da minha existência, no fundo do meu buraco, sinto meu corpo ferver e ainda posso sentir os seres que morrem para me tornar saudável. Os seres que têm de morrer, como numa guerra, como na Guerra de Cenepa[34], para que eu viva.

Mas as febres voltam como a música de La Lupe, que vai crescendo desde a pequenez de um som de trombetas, formando um furacão, até acabar numa voz que vibra como se tivesse medo:

Hoy tengo el Diablo en el cuerpo,
me abraza la fiebre de tu amor,
hoy me atormenta el consuelo.
Me abraza la fiebre con ardor.
Eeeeeeste delirio por ti me consume,
me fatiga y emborracha a la vez.
Eeeeeesta obesión de querer es infierno o es gloria,
yo no sé. ¡¡¡Ayyy!!!
Hoy tengo el Diablo en el cuerpo

---

[34] A Guerra do Cenepa (1995) foi um breve conflito armado entre o Equador e o Peru, disputado na região fronteiriça amazônica. Envolveu a disputa por territórios na bacia do rio Cenepa, uma área rica em recursos naturais. O acordo de paz foi assinado em 1998, com a mediação de países sul-americanos e a confirmação das fronteiras estabelecidas em 1942 pelo Protocolo do Rio de Janeiro.

*locura de verte delirio de amarte
deseo constante de ti
lujuria de besos sin fin.
Hoy tengo el Diablo
sí tengo el Diablo
hoy tengo el Diablo. Ayyy,
hoy tengo el Diablo en el cuerpo
locura de verte delirio de amarte
deseo constante de ti lujuria de besos sin fin.
Hoy tengo el Diablo
sí tengo el Diablo
hoy tengo el Diablo
dentro de mí, dentro de mí.*[35]

O diabo me deixa em paz quando nado ou quando estou em cima das árvores.

Como dizer a todas elas que já senti o diabo no meu corpo mais de uma vez, no meu quarto, que também é um corpo e eu, a única que bate, me torno seu coração?

Já senti um diabo dentro do meu quarto e às vezes digo que foi uma vez, mas sei que não foi a primeira vez que algo explodiu dentro da minha buceta.

Como fazer com que as palavras acumuladas no meu pescoço soem como balas que eu possa apontar para os grandes,

---

[35] "Hoje tenho o Diabo no corpo,/ me abraça a febre do seu amor,/ hoje me atormenta o consolo./ me abraça a febre com ardor./ Este delírio por ti me consome,/ me fatiga, me embebeda de uma vez./ Esta obsessão de amar é inferno ou é glória,/ eu não sei. Ai!/ Hoje tenho o Diabo no corpo/ loucura por te ver, delírio por te amar,/ constante desejo por você,/ luxúria de beijos sem fim./ Hoje tenho o Diabo,/ sim, tenho o Diabo/ hoje tenho o Diabo, ai/ hoje tenho o Diabo no corpo/ loucura por te ver, delírio por te amar,/ constante desejo por você,/ luxúria de beijos sem fim./ Hoje tenho o Diabo/ sim, tenho o Diabo,/ hoje tenho o Diabo/ dentro de mim, dentro de mim." "Con el Diablo en el cuerpo", La Lupe. (N.T.)

como descrever uma música de que gosto sem usar a boca, como explicar às minhas colegas de escola a música de La Lupe gritando sobre a febre.

Porque só La Lupe conseguiu descrever essa febre que nasce e faz das sombras o diabo do corpo que ela chama de amor, mas eu só consigo identificá-lo como uma enseada entrando na minha bunda para me salvar.

Sabes cuánto yo te quiero sabes cuánto siento por ti,
y cuando estás entre mis brazos
arde la fiebre, ay, muy dentro de mí.
Tú me das fiebre,
cuando besas, fiebre si me abrazas tú,
fiver, de mañana, fiebre en la noche azul.

Se eu não esquecer, não crescerei.

Talvez eu fique presa nesse corpo febril para sempre, eu acho, com a piscina rachando meu cérebro, a água entrando no fundo do meu corpo como um balão inflado para estourar na cara de alguém no Carnaval, enquanto o professor de natação grita para eu sair da piscina, que não consigo prender a respiração por tanto tempo e eu, roxa, emerjo como uma sereia horrível e estufada. O professor me arrasta para fora das raias que dividem as seções de natação e joga meu corpo inundado no chão.

As cabeças dos meus colegas de natação começam a aparecer sob o céu azul-celeste que aprisiona o reflexo da piscina, as crianças olham para mim e cobrem a boca. Ouço gritos ao longe.

No céu, os pássaros continuam voando.

Logo recupero o fôlego, subo até o trampolim e desço de novo no ventre clorado que me traz de volta à vida.

Deixei um feto nas lagunas
Devemos falar com sinceridade.
Posso engravidar sozinha.

Marosa Di Giorgio, *Rosa mística*

Sabrosura

Antes de fevereiro, já é Carnaval em Esmeraldas, as pessoas se molham em cima das casas, nas calçadas, nas salas e nos quartos. Minhas manas se molham umas às outras de surpresa. Se uma delas lava a louça de costas enquanto canta uma salsa da moda ou músicas de Mari Trini, a outra chega com um balde de água recém-colhida da caixa d'água e a molha. Joga o balde d'água no cabelo e começa a correr.

As pessoas do bairro se molham nas calçadas, dançando com força, sacudindo a bunda e os quadris como se eles dominassem o caminho da vida, como se as bundas e quadris suportassem o mundo. Ou será que de fato os quadris e as bundas sustentam esse mundo esmeraldenho de salsa, loucura e delírio carnavalesco?

Não sei que porra está acontecendo no corpo das pessoas no bairro, na praia e na cidade.

Também não sei que porra está acontecendo no meu corpinho que esquenta e esquenta; meu corpo que vai inflando e remexendo, como uma bolha de muco que escapa na risada da criança do outro lado da rua principal, cuja família nunca o lava. Meu corpo começa a ferver por conta própria, a se bicar quando chega janeiro e as pessoas na república independente do sabor se declaram em autonomia carnavalesca sem que ninguém dê a mínima para o calendário.

Dona Sabrosura, uma senhora idosa, mas jovem, foi quem disse uma vez isso de república independente. Uma mulher tão velha, mas tão sensual e alegre que parece mais nova do que as manas.

A Sabrosura vende *casabes*, *champús*, *mazamorra*,[36] conservas, manjar e outras iguarias num carrinho de madeira com uma montaria de bicicleta na qual eu nunca a vi subir, e está sempre vestida de branco. Não sei de onde ela vem, arrastando seu carrinho de *casabes* e *champús* até a México e a Cartagena, gritando: a Sabrosuuuuuuuuuuuuuuuuuura chegou.

E todas saímos desesperadas em busca do nosso pote de doces.

A Sabrosura anda sem sapatos, mas sempre parece que acabou de lavar o corpo e o rosto. Está um sol do cão e ela está brilhante, sem suor, com suas roupas branquíssimas, tranças sintéticas e a risada que invade todo o corredor da casa da mamãe Nela. Adoro o sabor dos seus *champús*, do *casabe* e das conservas, e também gosto quando ela diz: veja, filha, isso é gostoso; o Carnaval é pura gostosura, você tem que aprender a dançar, é melhor do que o jeito que o finado Jota te ensinou.

Ai, a questão é que essas festas que estão chegando serão melhores do que as que já passaram, filhinha, a festa que está por vir é sempre melhor do que a festa passada; nunca acredite quando lhe disserem que antes as coisas eram boas, viu, amorzinho, se antes não tinha nem luz; agora, filha, você vê os bairros cheios de alto-falantes por toda parte e os garotos carregando cassetes, como se tivessem ganhado o dinheiro; não sei o que que acontece com esses garotos no Carnaval, de repente cagam dinheiro, como se o dinheiro estivesse pendurado nas árvores.

---

[36] *Casabe*, *champú* e *mazamorra* são pratos típicos do sul da Colômbia e do norte do Equador preparados à base de milho e correspondem, respectivamente, a um pudim, uma bebida adocicada e um mingau. (N.T.)

Sabrosura gosta tanto de falar de Carnaval que, quando chega a hora da festa, ela prefere não sair para lugar nenhum, porque o próximo Carnaval é sempre melhor do que o anterior. Não para viver a festa, mas para falar sobre ela e para que a língua construa sua própria farra, para que a língua leve seus alto-falantes na calçada, para que a língua ponha cadeiras de plástico nas calçadas cheias de bundas e quadris fedidos, para que a língua sirva seu próprio guisado, porque a fala de Sabrosura é uma verdadeira rumba de sotaques e palavras que eu não entendo bem, mas adoro.

Sabrosura sempre tem algo novo para me contar, que a bruxa do morro de Aire Libre largou o marido e que as pessoas a veem em cima do telhado fumando narguilé, ou que o velho não deixava as pessoas verificarem sua caixa d'água, o que ele tinha guardado lá era dinheiro e drogas, filha, e os militares levaram tudo, eles também são ladrões; não se pode confiar nessas pessoas, ouviu? Se você tiver de viajar sozinha para sua ilha, filha, e eles a levarem dizendo que é para revistá-la, você nunca entregue sua bolsa, meu amor, os militares põem drogas em garotinhas como você, para pegá-las e obrigá-las a fazer coisas, amorzinho, o Norte está fodido, cheio de militares.

Acho que o sorriso de Sabrosura é um campo de estrelas de coral, tem uma praia aninhada na garganta quando ela ri e grita *champús*, conservas, *casaaaaabe*, a Sabrosura chegou.

A Sabrosura sai com frequência para vender nos meses que antecedem o Carnaval, os meses em que as pessoas se comportam como se o objetivo da vida fosse jogar água na cara, banhar-se em cerveja nas calçadas e dançar até ficar fora do prumo. A água, que é sempre escassa na nossa província, aparece como se fosse criada em alguma bandeja infinita para atacar as pessoas, para divertir e flertar, para diminuir o calor da rumba.

Mas as pessoas não jogam só água limpa umas nas outras. Certa vez, minha mami Checho chegou do trabalho cheirando a morte porque, no ônibus a caminho de casa, tinham jogado água de peixe nela. O ônibus passou pela barraca, o local onde dizem que os escravizados costumavam ficar, mas que foi transformado numa espécie de centro comercial de pescadores e roupas colombianas. A mamãe chegou gritando que estava farta de ser tratada como se fosse uma mulher ignorante, e sempre repete quase chorando: Manuel, vamos logo com a casa, estou quase enlouquecendo, Jesus. Quero ir embora daqui. Estou irritada com o barulho, a música... a rumba sem fim... estou farta dessa gente.

Meu papi Manuel e minhas manas a lembraram de que ela nasceu e viveu cercada por essas pessoas que ela odeia, mas ela repetiu que não sabia o que estava acontecendo com ela, que só queria ficar sozinha, respirar, ouvir o silêncio uma vez na vida, e se trancou no quarto para chorar o dia todo e não quis nem comer.

Outras vezes, as pessoas jogam cerveja, água da praia, água com ovos, bexigas coloridas infladas violentamente e mangueiras em estranhos que ficam tão irritados que atiram para o alto.

A mulherada da casa sempre me lembra de não molhar estranhos. Posso ficar na calçada com um balde de água e jogar nos vizinhos pequenos, nos cachorros e em mim mesma. Às vezes, saio com minhas bexigas e as atiro contra a parede. Adoro o som da água caindo no chão, o ronco das bexigas se estatelando me sufoca de alegria, eu rio sozinha e grito tentando fazer o mesmo barulho.

Numa dessas vezes, quando eu estava atirando bexigas coloridas contra as paredes das casas, uma senhora desceu do terraço para me perguntar se eu estava louca ou delirando, ou se em casa não me ensinaram a ser uma menina e a ser normal.

Fiquei olhando para ela sem entender nada e continuei jogando água em mim mesma e atirando bexigas azuis, roxas e vermelhas no chão. Filha, você não pode brincar de Carnaval sozinha, o que é que você tem de errado? Vá dizer para a sua mãe para levá-la a um médico, você está doente e desviada.

Eu ainda gosto de jogar água nas árvores e nas paredes, porque o calor é forte demais. Não consigo imaginar como a pele das casas está sofrendo com o sol infernal de janeiro e fevereiro. Com a chuva úmida que não apaga o inferno de jeito nenhum. A gente transpira mais quando chove, a terra parece uma panela de *tapao arrecho*[37] fervendo com a gente dentro feito presas.

Nunca entendi a insistência das pessoas mais velhas em me obrigar a brincar com outros garotos. Eles não percebem que meninos e meninas não brincam de nada que não seja pegar nas xoxotas e nos pintos, e eu não gosto disso. Quero continuar comendo terra e goiaba, conversando com as plantas e com minhas manas, mas não quero tocar meu corpo com garotos de merda.

Essa coisa da garotada feliz é uma mentira. O que vejo ao meu redor são anões sedentos de sangue, animais nojentos que enfiam os dedos no cu e depois te obrigam a lambê-los. Odeio os meninos do meu bairro e as meninas da escola: todos querem pegar minha buceta, subir em cima de mim, lamber minha boca como se fossem cachorros ou ratinhos

---

[37] Prato típico da região de Esmeraldas preparado com banana-verde e pedaços de carne de frango, vaca e porco refogados. (N.T.)

recém-nascidos. Não quero que ninguém me toque, só quero subir no pé de goiaba para sempre.

Por isso, prefiro brincar feito louca com as árvores e conversar de perto com os frutos do noni, que fedem muito e por isso sinto que são meus irmãos, prefiro ficar grudada no fedor do noni a brincar de papai e mamãe.

Na escola para meninas que frequento, também vamos ao banheiro para ver como algumas já têm pelos crescendo na buceta. É claro que nunca digo buceta na frente das minhas mamis e das manas, porque com certeza elas vão me castigar; elas odeiam palavrões. Mas meu sangue se agita quando os pronuncio em segredo: xoxota, merda, cu, buceta, são palavras que, em voz alta, desenham para sempre um nó desatado invisível no ar.

Às vezes, meu papi Manuel me ouve insultando os nonis e me chama para perguntar se estou bem, se preciso de alguma coisa. Ele me diz, Ainhoa, filha, suba e leia comigo, e eu me sento na sala de estar para ler qualquer um dos livros que minha mami Checho tira da biblioteca. Livros muito velhos, com as capas de cabeça para baixo ou as páginas arrancadas, que naquela biblioteca eles colocam no depósito, como algo que não vale a pena, minha mamãe, que trabalha cuidando e anotando os livros, na verdade mais limpando do que cuidando, porque quase ninguém vai lá, um dia disse isso não vai ficar apodrecendo aqui, e os trouxe para mim de presente.

Em janeiro, quando as meninas da minha escola se molham com suas garrafas sujas de tomate fermentado de árvore e suco de laranja, com suas lancheiras de ovo cozido e torradas, com as caixinhas vazias de sucos e falam sobre novelas, cantores pop, coisas que eu não conheço porque não me deixam assistir à televisão, eu vou para um canto da sala de aula e fico lá olhando para o nada com uma batida rápida sob meu osso do peito.

É como se vivêssemos num planeta diferente. Eu numa terra doente de livros empoeirados, e elas, na terra da tela e das luzinhas.

Elas me perguntam se sou pobre, se não tenho televisão, se meus pais são do interior, se sou louca, mas para mim as loucas são elas. Eu pergunto se sabem o nome das plantas ou das árvores da casa delas e todas me olham irritadas, gritam comigo, vá para trás, para perto dos livros, ou vá lá, fale com aquela planta lá atrás, e eu vou como um cão obediente sentar nos fundos e ficar observando a conversa delas e como elas riem, e não entendendo que porra está acontecendo.

O Carnaval é a porta aberta para o delírio, a loucura e a festa eterna. É como se alguém tivesse aberto uma chave da farra que não só nunca fecha, mas transborda e derrama para fora dos baldes.

Os adultos não cuidam mais de nós, crianças, pelo contrário: certa vez, vi da minha janela como um pai bêbado era levado, quase carregado, por um grupo de garotos até o morro da Guacharaca.

Um dos garotos estava chorando e todos os velhos estavam dançando e pegando na bunda uns dos outros, ninguém os ajudava; reparei que não estavam me observando, então calcei os tênis e desci para ajudar os garotos a arrastar o pai deles.

Éramos cinco, mas todos magros e miúdos; o corpo, além de pesar, soltava uns peidinhos muito fedidos, mas eu já havia me comprometido com a tarefa de resgatar o papai. Dei ao carequinha chorão um biscoito de coco e disse a ele que não se preocupasse, que meu papi também estava bêbado, deitado com a boca aberta sobre os móveis da minha casa e que os papis são assim, faz parte de ser papai, ficar bêbado e dormir em lugares impossíveis.

No fim, duas mulheres bêbadas também nos ajudaram levando o cara bêbado, eu ia consolando a choradeira do carequinha que tinha a mesma idade que eu, mas pelo visto era a primeira vez que ajudava seu papi bêbado.

Eu já estava acostumada a ver papis pegar no sono na escada: no quintal, no vaso do banheiro, no tanque, na ducha, no carro, na calçada: os papis muito bêbados só caíam como goiabas em volta de nós, as garotas, e tínhamos de arrastá-los até a cama quando conseguíamos; quando não, só jogávamos um lençol em cima deles e os largávamos tranquilos para seguir com nossa vida.

Eu era proibida de ir até o morro da Guacharaca, como dizia minha mami Checho: é terminantemente proibido sair da casa, mas era Carnaval e ela estava dançando no quintal com suas primas que tinham chegado do Norte.

A Checho quase não gosta de dançar, nem escutar música, nem beber, nem nenhuma bobagem, mas Carnaval é para rir, não devemos chorar para nos divertirmos; Carnaval é para aproveitar, *"hay que vivir cantando. Carnaval, la vida es un carnaval. No hay que llorar, todos podemos cantar, Carnaval. Hay que vivir cantando, Carnaval, todo aquel que piense, no hay que llorar, que la vida es cruel, Carnaval, nunca estará solo, vivir cantando Diojesta conel."*[38]

---

[38] "[...] temos que viver cantando. Carnaval, a vida é um carnaval. Não devemos chorar, todos podemos cantar. Carnaval. Temos que viver cantando. Carnaval, quem pensar, não tem que chorar, que a vida é cruel, Carnaval, nunca estará sozinho, viver cantando, Deus está com ele. "La vida es un carnaval", Celia Cruz. (N.T.)

Eu só saí, com os tênis, para ajudar aqueles garotos que estavam brincando com seu papi gordo e bêbado; com seu papi peidorreiro, pelado e bêbado.

Peladinho e vomitado.

Talvez fosse por isso que o garotinho estava chorando, por ver as partes do pai pela primeira vez, ou vai saber o que o pobre coitado estava pensando.

Subimos o morro até que o asfalto acabou e continuamos subindo o morro.

As mulheres paravam de vez em quando para descansar e cumprimentar os grupos de foliões que estavam em cada esquina, e também paravam para beber uísque e cerveja. O caminho até o morro estava ficando cada vez mais longo e comecei a me sentir tonta, pois nunca havia caminhado tão para cima com pessoas que não conhecia. A terra na subida do morro estava úmida, mas não chegava a ser lama. Embora eu pudesse ver claramente a água rolando e mexendo, ainda era possível caminhar sem sentir que estava sendo engolida pelo chão.

Eu tinha visto num livro de ciências naturais que cada espaço era habitado por uma flora e fauna diferentes. Apesar de minha mami Checho ter me explicado que nós, humanos, não somos fauna, mas humanos, eu olhava para a algazarra do Carnaval na casa da mamãe Nela e toda a excitação e o calor, o calor e a excitação, como diz o Saboreo, na subida do morro, e pensava que fauna é ser um ser humano possuído pelo diabo do Carnaval. E dos alto-falantes da casa da mamãe Nela, da vizinhança, dos corredores, alto-falantes e vozes cantando:

Hace tiempo que tengo, mamá,
una rasquiñita y no aguanto más
deme deme un consejo, mamá

deme deme un consejo, papá
deme deme un consejo, mamá
deme deme un consejo, papá

yo también igual que vos
sentí el amor de esa manera
yo también igual que vos
me enamoré como cualquiera.

Mija, coja su marido
pa que se le quite la excitação
ay, mija, coja su marido
pa que se le quite la excitação
ay, hombre ay, hombre
la fórmula, mija, es hombre
hombre por aquí, hombre por allá
la fórmula, mija, es hombre
cójalo, mamita cójalo, mamá
la fórmula, mija, es hombre
cójalo con ganas cójalo en verdad
la fórmula, mija, es hombre
hija, coja su mariiiiiiiiiiiiiido no me mires mal
no me torzás los ojos.

Arrechera, calentura. Calentura, arrechera. Arrechera, calentura, calentura. Arrechera, arrechera. Calentura, calentura. Arrechera, calentura. Calentura, arrechera. Arrechera, calentura. Calentura, arrechera. Arrechera, calentura, calentura. Arrechera, arrechera. Calentura, calentura. Arrechera, calentura. Calentura, arrechera. Arrechera, calentura. Calentura, arrechera. Arrechera, calentura, calentura. Arrechera, arrechera. Calentura,

*calentura. Arrechera, calentura. Calentura, arrechera. Arreche-
ra, calentura. Calentura, arrechera. Arrechera, calentura, calen-
tura. Arrechera, arrechera. Calentura, calentura. Arrechera, ca-
lentura. Calentura, arrechera. Arrechera, calentura. Calentura,
arrechera. Arrechera, calentura, calentura. Arrechera, arrechera. Calentura, calentura. Arrechera, calentura. Calentura, arrechera. Arrechera, calentura. Calentura, arrechera. Arrechera,
calentura, calentura. Arrechera, arrechera. Calentura, calentu-
ra. Arrechera, calentura. Calentura, arrechera. Arrechera, ca-
lentura. Calentura, arrechera. Arrechera, calentura, calentura.
Arrechera, arrechera. Calentura, calentura. Arrechera, calentura. Calentura, arrechera. Arrechera, calentura. Calentura, arrechera. Arrechera, calentura, calentura. Arrechera, arrechera.
Calentura, calentura. Arrechera, calentura. Calentura, arrechera. Arrechera, calentura. Calentura, arrechera. Arrechera, calen-
tura, calentura. Arrechera, arrechera. Calentura, calentura. Arrechera, calentura. Calentura, arrechera. Arrechera, calentura.
Calentura, arrechera. Arrechera, calentura, calentura. Arrechera, arrechera. Calentura, calentura. Arrechera, calentura. Calentura, arrechera. Arrechera, calentura. Calentura, arrechera.
Arrechera, calentura, calentura. Arrechera, arrechera. Calentura, calentura. Arrechera, calentura. Calentura, arrechera.*[39]

---

[39] "Faz tempo que não tenho, mamãe,/ Uma picadinha e não aguento mais/ Me dê, me dê um conselho, mamãe/ Me dê, me dê um conselho, papai/ Me dê, me dê um conselho, mamãe/ Me dê, me dê um conselho, papai// Eu, assim como você/ Senti o amor dessa maneira/ Eu, assim como você/ Me apaixonei como qualquer uma.// Filha, foda o seu marido/ Para tirar essa excitação/ Ai, filha, foda o seu marido/ Para tirar essa excitação/ Ai, homem, ai, homem/ A fórmula, filha, é homem/ Homem para cá, homem para lá/ A fórmula, filha, é homem/ Foda, minha filha, foda, meu amor,/ A fórmula, filha, é homem/ Foda com vontade, foda de verdade/ A fórmula, filha, é homem/ Filha, foda seu mariiiiiiiiiiiiiido, não me olhe torto, não revire os olhos./ Excitação, calor, calor, excitação."
"La Arrechera", Grupo Saboreo. (N.T.)

No caminho para Guacharaca, vi multidões de pessoas pegando a bunda umas das outras, dançando de cabeça para baixo e jogando uísque na cara umas das outras, como se o uísque tivesse sido colhido em alguma caixa d'água. Sabrosura tinha me contado tudo isso, mas ver de perto a batida da fauna negra mobilizando sua loucura no calor da água e o vaporzinho que subia da terra me deixou sem palavras. Minha boca saiu voando como o ruído seco e a fumaça de um ferro disparado por um garoto numa moto.

O morro acabou e descemos outro como se nada tivesse acontecido. Subimos outro morro povoado por grupos de homens e mulheres dançando músicas que eu nunca tinha ouvido na vida, músicas que não tocavam no rádio às cinco da tarde, nem de manhã e muito menos aos sábados. Músicas que eu nunca tinha ouvido saindo dos alto-falantes que meu papi Manuel conecta no seu toca-discos. Músicas absolutamente desconhecidas para minha cabeça bobinha.

Músicas mais barulhentas, mais rápidas, mais cheias de si.

Uma delas ficou na minha cabeça como se um toca-fitas velho tivesse sido instalado dentro do meu cérebro, ainda mais por causa dos rostos de emoção, dos gritos e dos braços no ar acenando para o céu, fechando os olhos, cantando para dentro, talvez houvesse algo de religioso na letra, porque os braços levantados lembravam a emoção das mulheres do rosário na missa. Talvez fosse uma música para um Deus que eu ainda não conhecia, não sei, mas a música ficou na minha cabeça para sempre:

Por la calle que ella vive quiero volver a pasar
con la esperanza en mi mente de volverla a encontrar
y esto no es sueño, es la realidad,
es que cuando ella camina, ella me quiere matar.

Cuando pasas por mi lado con tu forma y caminar
te apoderás de mi mente y no me dejas pensar,
colegiala, eres divina, presta un poco de atención,
voy a crear una ciencia que solo te hable de amor.

Quiero ser el profesor que más le entiendas la clase,
quiero enseñarte el amor como si este fuera un baile.

Tu madre ya te pregunta por qué te acuestas tan tarde
tienes la respuesta en mente, decides no contestarle.

Estás pensando en la clase que yo te enseñé aquel día,
tú estás pensando en la clase que solo te hablé de amor,
Colegiala, eres divina, presta un poco de atención,
voy a enseñarte el amor,
Llenarte el corazón.

Te quiero
Sueño contigo, amor.

Wuuuooooo oh oh wuuuoooo oh oh
Ven, que te quiero tener.
Wuuuooooo oh oh wuuuoooo oh oh.
Te necesito.
Wuuuooooo oh oh wuuuoooo oh oh.[40]

---

[40] "Pela rua que ela mora, quero voltar a passar/ Com a esperança em minha mente de voltar a encontrá-la/ E isso não é sonho, é a realidade,/ É que quando ela caminha, ela quer me matar.// Quando você passa do meu lado com seu jeito de andar/ Se apodera da minha mente e não me deixa pensar,/ Aluna, você é divina, preste um pouco de atenção,/ Vou criar uma ciência que só fale de amor.// Quero ser o professor que você mais entende,/ Quero te ensinar sobre o amor como se fosse uma dança.// Sua mãe já te pergunta por que

Havia também grupos de rapazes com correntes de ouro, pretos bonitos com óculos igualmente pretos e pistolas na cintura, dançando com calças brancas largas, sem camisa; alguns descalços, outros com tênis gigantes com listras fosforescentes, ostentando sua gostosura debaixo dos postes de luz, bebendo ao lado dos policiais, e policiais bêbados atirando para o alto.

Chegamos à casa dos garotos, que era uma casinha de madeira bem pequena. Uma casinha de madeira de um cômodo só, sem divisórias ou quartos, com duas janelas semelhantes àquelas que você desenha num caderno trêmulo quando está aprendendo a escrever. Em cima da casa, uma multidão impossível de pessoas dançava salsa e reggae; molhados, com as luzes apagadas e os alto-falantes encostados nas janelas.

Desceu uma senhora muito preta, de olhos azuis e tranças prateadas, muito alta e corpulenta, com um vestido transparente branco, molhado de suor, cerveja e uísque, acho que ela não estava usando calcinha, mas não a olhei muito de perto porque estava envergonhada e com vontade de rir, gestos involuntários que minha boca inexplicável fez durante todo o caminho até os morros. Ela amarrou uma rede entre os pilares que sustentavam a casinha onde todos dançavam e batiam os pés, puxou o pelado bêbado para cima com uma das mãos, depois disse às crianças que fossem para a casa da avó comer e dormir.

Nós nos despedimos rapidamente, sem dizer nossos nomes nem nada, mas eu não me lembrava mais do caminho de volta para casa.

---

você se deita tão tarde,/ Você tem a resposta pronta, mas decide não dizer a verdade.// Está pensando na aula que eu te ensinei naquele dia,/ Está pensando na aula em que só te falei de amor,/ Aluna, você é divina, preste um pouco de atenção, vou te ensinar o amor,/ Encher seu coração.// Te amo./ Sonho com você, amor.// Venha que quero ter você/ Preciso de você." "Colegiala", Jorge Leo & Atrato River. (N.T.)

Fiquei ali por alguns segundos olhando para o nada, a boca rindo sem que eu ordenasse que ela risse, até que um balde de água gelada que me atingiu no rosto me ajudou a reagir e me acordou de repente.

Comecei a caminhar.

Desci e subi os morros que senti serem os mesmos que já havia percorrido antes, acompanhando os filhos do papai pelado, fiquei cada vez mais perdida, mais molhada e cada vez mais cansada. Caminhava e perguntava pelas ruas México e Cartagena e as pessoas riam feito doidas na minha cara, como se minha boca não pertencesse ao mundo delas.

Um grupo de homens vestidos com camisetas feitas de redes de pesca verdes, amarelas e vermelhas derramou cerveja gelada na minha cabeça. Isso me fez perder completamente o sono. Descobri, como quem olha pela fechadura de uma porta de madeira pela primeira vez e vê seus papis fazendo amor, que não conseguiria ir para casa sozinha.

Fiquei perambulando por aí, emaranhada entre grupos de pessoas cada vez mais bêbadas e loucas. Vi dois homens enfiarem as picas na boca de uma mulher gordinha agachada atrás de um poste de luz, parecia que não só o poste, mas o mundo ia cair sobre eles, mas eles pareciam não querer saber de nada. Talvez o Carnaval seja um animal que sobe na sua cabeça e tira sua razão.

Vi uma velha dançando bêbada com os peitos de fora: dois animais roxos com vida própria, redondos e cheios de carne ou leite materno, sufocando seu pescoço, enquanto ela jogava neles uma pílsen inteira e borbulhante, como a explosão de um vulcão caindo entre seus peitos. Um homem esperava, debaixo das suas bombas encharcadas, para beber o líquido que escorria como se as tetas fossem agora uma cascata de leite vital.

Continuei andando e meus pés começaram a doer, tirei os tênis para caminhar melhor. Não só pisei em merda de cachorro e de humanos, vômito e mijo, como também pisei em dois bêbados desmaiados no chão sujo e uma garrafa quebrada ficou enterrada na sola do meu pé direito.

Mancando, continuei a busca pela minha casa. Eu me imaginava perdida para sempre, vivendo esse Carnaval maluco repetido para o resto da vida. Lembrei que a Sabrosura tinha me dito para nunca andar sozinha até o alto do morro, que as garotas de lá são violadas, que que é violadas, Sabrosura?, perguntei a ela, e ela fez o sinal da cruz, depois benzeu minha cabeça e a parte inferior do meu corpo e senti que violadas era algo ruim para minha bucetinha.

Alguns dias antes da explosão desesperada e festiva, a Sabrosura já tinha olhado meu pescoço, a barriga e a buceta atrás do short. Me disse, engasgada, minha linda, minha rainha, meu amor, minha vida, ai não, ai, meu cristo, ai, jesusmariajosé, quem é que está assediando você, meu amorzinho, ai, não, meudeusnão, minha vida, quem é que está pegando você, ai, não, queridinha bela, a virgem, ai, deus, que isso não seja verdade, deus, pela virgem, deusinho, não permita, deus não queira, pegando minha testa desesperada e eu sem poder responder porque ela enlouqueceu como uma cadela envenenada e quando viu a mamãe Nela chegar mal-encarada no saguão, saiu correndo com sua carreta e gritando, *casaaaaaaaaaaaaaaaaaabe*, a Sabrosura chegou, fazendo o sinal da cruz.

Como se minha cabeça fosse a Bíblia ou alguma oração instantânea de bruxa, um grupo de homens numa esquina gritou violada.

Ou pelo menos foi o que ouvi no meu estado de desespero sem fim. Corri, me enterrei ainda mais nos vidros, mas eu não era mais eu, e sim um animalzinho agitado que se mexia para se salvar. Andando acelerada como a tunda com seu batedor, desesperada e manca, corri para ver se por sorte ou milagre, como um cogumelo entra na água, eu entraria em alguma das ruas que começavam a aparecer atrás dos morros da minha casa e das manas.

Violada.

E eu não conseguia encontrar minha casa e imaginei minha mami Checho bêbada como eu nunca tinha visto antes, minhas manas também bêbadas, chorando por mim e sentindo uma culpa festiva.

Uma culpa no estilo esmeraldenho, com Los Van Van ao fundo.

Um choro dançado.

Sujo, mas desesperado e fétido.

Uma oração-rumba no meu nome.

Uma melancolia com um fundo de tambor.

Eu estava deixando um rastro de sangue no vômito, no mijo, na cerveja derramada: minha própria contribuição para o monte de merda do Carnaval.

Um homem que estava fumando um cachimbo fedorento me disse: pequena, vamos, experimente. Segui o caminho por muito tempo em meio a bexigaços coloridos, baldes de água gelada, danças frenéticas, quadris deslocados, caminhando entre corpos que se arrastavam no chão e atiravam balas para o alto. Caminhei em meio a garrafas de cerveja quebradas, homens e mulheres fodendo. Em meio à música cada vez mais alta, a cheiros que meu nariz não conseguia nomear: eu estava no centro do coração pulsante do Carnaval.

Uísque

Cheguei à entrada da casa da mamãe Nela quando o sol começou a nascer no morro da Guacharaca. Esse morro que eu tinha percorrido, talvez, até o sopé do morro Gatazo. Minha mami Checho estava dormindo com a boca aberta ao lado do meu papi Manuel. As manas também estavam dormindo, algumas no chão em esteiras e colchões, misturadas com primas que eu não conhecia. Uma praia de mulheres de boca aberta assimilando a vida depois da farra.

Sentada perto dos meus papis, que estavam roncando, tirei um por um os cacos de vidro das solas dos pés, que eram de alguma forma um mapa sangrento, uma testemunha fiel da minha jornada noturna, um mapa de acumulação bestial para meus segredos. Derramei o que restava de uma garrafa de uísque caída no chão, nos buracos sangrentos e no rosto, para me sentir parte da casa. Uma tontura dentro da tontura, mas o galope ficou pequeno como quando você cai correndo e bate forte a cabeça, fiquei por um momento assimilando a insensatez com a língua aberta.

Abri espaço entre os corpos cansados da minha mami Checho e do meu papi Manuel, pus os braços deles sobre meu tronco e adormeci.

O Carnaval estava por fim parando de bater.

Mama Doma

Sou uma pepita de água viva em meio às camadas das minhas manas e das minhas mamães.

Como no coração mais íntimo de uma cebola, por dentro, depois das crostas gordurosas e grossas, existe minha polpa.

Isso está começando a me deixar farta.

Algo me diz que corri algum tipo de perigo e que me salvaram, mas não tenho certeza. Antes do Carnaval e de me perder no morro, prometi a mim mesma que também começaria a ter meus próprios segredos. Uma intimidade, uma fruta sem nome que guardo como um tesouro para me sentir viva sozinha e não mais o centro das camadas das mulheres que me salvaram de algo que não consigo mastigar na boca. Algo que começa crescendo no centro do meu corpo, como uma pequena melancia, expandindo-se no lado esquerdo da boca do estômago e descendo lentamente para concentrar sua batida acima da minha buceta.

Minhas manas e minhas mamis decidiram que certas coisas não podem preencher minha cabeça, então vou despovoar minha nova intimidade da cabeça delas; é o justo. Nem sempre você consegue abrir a boca e dizer o que sente e o que acontece com você sem receber nada em troca.

Assim como o nó de semente de ar cresce dentro do meu corpo, minha pequena mana vai crescendo lentamente como a casa dos sonhos do meu papi Manuel e da minha mami Checho, a casa que por enquanto é apenas um terreno baldio cheio de ervas rebeldes no meio do campo, longe do barulho e da rumba ignorante que a mamãe Checho odeia, que sua cabeça não consegue conter.

Minha maninha está crescendo lentamente e eu estou me tornando mulher: uma mulher prematura, uma mãe-mana íntima que tem de desenhar o rosto dentro da cabeça, no lugar onde deveriam estar os rostos do meu papi Manuel e da mami Checho. Sou uma pequena mãe que se expande como uma bexiga d'água pronta para explodir contra uma parede ou contra o olho de um ambulante no Carnaval.

Eu me amplio e tenho medo de sair desta casa e deste quintal onde está enterrado não só meu umbigo, mas também meu cabelo, as unhas que me cortam, meu mijo, as cartinhas de amor que escrevo para as árvores e as perguntas que não saem da minha boca, mas se escrevem sozinhas nos meus cadernos: por que meu corpo pulsa tanto? Por que minha buceta dói quando vou fazer xixi? Por que meu corpo tem respirações e baba espessa salientes?

Tenho pavor de deixar minhas manas sozinhas, com a presença de um papai Chelo que ameaça voltar a qualquer momento, como um fantasma de carne e osso, para comer seus corpos e sorrisos. Minha cabeça se inflama pensando na minha próxima idade, a idade de me tornar mulher, de ganhar altura, de que minha bunda cresça e meus contornos se arredondem. Não quero que meu corpo se curve, prefiro pensar na urgência que me bate de me tornar meu pé de goiaba ou a árvore de goiabas do Remberto, de crescer tranquila, rumo às profundezas do sol sem ter minha existência bagunçada.

Não consigo pronunciar minha idade nem meu nome, nem o nome da minha maninha, que agora está sob minha responsabilidade e da Noris. As manas tiveram de sair para trabalhar, para se chocar contra a vida, olho que derrete sob o calor doentio do sol. O radinho não toca mais a música de sempre e a rumba do bairro se apagou, como a vela de um santo na igreja pobre.

Na rádio só falam de bancos falidos, dinheiro perdido, montepiedá,[41] coisas que não entendo bem, mas que destroem minha cabeça.

Na minha casa ninguém mais pode brincar comigo, porque o dinheiro não dá mais para brincadeiras de merda e fantasias idiotas.

Na rádio, a nova música é a crise.

Para cima e para baixo, desde que nasci, a palavra crise cresceu atrás do meu pescoço, atravessando meus ossos como uma infecção por bichos-de-pé. Como o caroço invisível que não me deixa respirar.

Seguro o rosto pálido da minha mana colado ao seu corpo quase de bebê, um bebê prestes a não ser mais bebê, e tenho vontade de chorar.

Eu a balanço enquanto canto a linda canção que ouvi num velório há muito tempo, uma canção que fez todo mundo chorar, que me fez mijar pelos olhos como se tivesse conhecido o morto. Sussurrei devagar para não despertar na minha maninha a vontade de dançar, pois quero que ela durma, se possí-

---

[41] Monte de Piedad era uma casa de penhores estatal que foi roubada no fim da década de 1990, durante uma das piores crises econômicas do Equador. Na ocasião, muitas pessoas perderam todas as suas reservas financeiras. (N.T.)

vel por alguns meses, até que meu corpo se acalme e eu possa descobrir quem está fervendo a porra do choro numa panela no meu peito desde que nasci.

Fico embalando e embalando a maninha, que é linda demais. Como uma virgem que desce pálida da cabeça das pessoas que a imaginam. Como Deus e o diabo na terra do sol que cai desmaiado atrás do morro da Guacharaca.
Eu sei muito bem que ser bonita demais não é bom, as coisas feias que aconteceram com minha mana Rita já estão na minha cabeça, só por ter a marca de ser a linda grudada no rosto.

E mais uma vez a panela do choro transborda e eu engulo, como qualquer sopa malfeita.
Digo devagar: Deus, meu deusinho, se você existe, cuide da minha mana, cuide dela com os meninos do bairro.
Cuide dela para que ninguém diga o quanto a bunda dela é deliciosa quando ela tiver de sair sem mim.
Repito: Deus, meu deusinho lindo, se você existe, guarde essa maninha pequena das mãos dos homens que entram nos quartos quando você está dormindo e você não entende porque depois sente dor na cabeça e na buceta e tem muita vontade de chorar.
Digo também: meu deusinho, se você está aqui, entre nós, como diz a mamãe Nela, por favor, cuide da minha mana, faça com que minha mão fique grudada na mão dela para sempre. Para que ninguém entre no quarto dela quando ela estiver dormindo e para que eu possa estar ali, para entender por que meu corpo dói e tenho vontade de chorar, mas minha boca se fecha como as conchas pretas que as senhoras tiram do mangue.

Digo à Noris para deitá-la no berço, que já está ficando pequeno, porque a mana está crescendo vigorosamente como o monte ao redor das árvores, devagar, mas segura e forte.

Olho pela janela do meu quarto, de onde ouvi o tiro ou o barulho que me veio à cabeça como um exército de arraias com as asas abertas na noite em que o papai Chelo entrou com seu cheiro de aguardente e tudo desmoronou como um gesso de um animal doente derramado no chão.

Minha cabeça é uma lancha na qual estou de pé, atravessando trêmula o pátio enquanto elas, as arraias, elevam seu voo aquático entre o sal e a luz do sol que desce sobre o morro da Guacharaca.

Penso: tudo pode ser praia, esse quintal pode ser uma praia.

Eu me vejo caminhando sobre a água do mar recém-imaginado, como a mamãe Nela disse uma vez que Jesus andou.

Cada vez que a mamãe Nela fala comigo sobre Jesus, eu quero lhe perguntar se não é melhor rezarmos para a mama Doma. A mama Doma, que salvou pessoas com ervas, que ajudou a dar à luz mulheres sem dinheiro para ir às clínicas onde mulheres ricas, brancas ou negras, dão à luz.

A mama Doma, que salvou pessoas que ainda estão vivas. De Jesus, não sei se é verdade que ele andou em cima d'água, ou se salvou todas aquelas pessoas, mas sei tudo sobre a mama Doma pela boca da minha mami Checho e dos milhões de bocas nas estradas que falam dela. Uma árvore de bocas sorrindo ao som da mama Doma.

Sempre chega alguém do Norte ou da Colômbia para trazer um monte de peixe salgado ou alguns caranguejos, ou frutas e bananas, agradecendo e chorando porque a mama Doma o curou de alguma doença. Ela o trouxe de volta à vida como um deus das ervas e dos frascos curados.

Por que tínhamos de fazer uma oração a Jesus e não à mama Doma, que é nossa? Ela é, de fato, a vagina de onde todas nós saímos.

É, sim.

Corro para o quintal, me ajoelho no meio das duas árvores onde estão enterrados meu umbigo, meu cabelo e minhas unhas.

Fico de joelhos, não junto as mãos, mas as ponho sobre a barriga, que começa a ferver forte. Também não olho para o céu; tenho certeza de que a mama Doma está espalhada pela terra ou que nasceu de novo, que nasceu de um pedaço de terra para viver entre nós. E começo a rezar:

Mama Doma,
você que não só existe,
mas que é verdadeira
como as plantas que dormem e vivem silenciosas no quintal
como as nuvens que passam lentamente por cima
dos morros,
como a voz grossa que sai da minha garganta
como o choro e a dor dos corpos das suas filhas.

Mama Doma,
você que é certeira
como a água benta que tomo em segredo para
me curar das lágrimas
como o chicote de vaca que rasga a pele das minhas
manas, a pele das garotas, a pele das pessoas.

Mama Doma,
você que é a única certeza desta casa.

Ajude-nos,
permita que volte a festa do bairro, a música da boca
das lesmas na rádio às cinco da tarde
faça minhas manas rirem e brincarem novamente.

Que parem de trabalhar para os ricos.
Que deixem de ser pobres.

Faça com que minha maninha cresça sem mãos e rostos
que aparecem debaixo dos edredons.

Que minha maninha cresça saudável,
com minha mão presa à mão dela,
com minha mão presa ao corpo dela,
para que seu corpo não seja coberto
pelas mãos dos homens do bairro,
para que seu corpo não sinta
ardores que não pode entender,
para que saiba quem é que cobre sua boca e toca
suas pernas,
enquanto ela decide que tudo é um pesadelo,
que nada é verdade.

Faça com que minhas lágrimas sequem como os rios
contaminados com petróleo,
como a pele das pessoas que morreram queimadas
quando a cidade amanheceu inundada de petróleo.

Mama Doma,
ajude-me a ser sábia como as plantas,
silenciosa como as matas de noni,

frutífera como este pé de goiaba,
imensa como o pé de goiabas do Remberto.

Mama Doma,
você que é verdadeira,
você que não viu meu rosto
nem eu o seu,
mas minhas mãos se lembram dos seus caminhos espalhados nas minhas memórias
Faça deste quintal e desta casa nosso lar novamente.

Pego um pedaço de terra e enfio na boca. Eu o mastigo e o conservo na boca, com minha saliva começando a fluir como um rio. Com a língua e os dentes cheios de terra, penso: que assim seja.
Mama Doma, faça com que esta reza assim seja.

Baleias

Tudo na minha cabeça é uma água turva de um rio contaminado, meu cérebro se agita e se move para a frente e para trás dentro dos ossos que o sustentam.

Já sonhei que meu cérebro escorria pelo nariz, como mucos rosados, como o vômito de uma criança que engoliu mais de um quilo de algodão-doce na feira da Propicia. Meu cérebro cai da cabeça, ele pesa tanto que não consigo sair da cama. Os adultos não entendem que, quando o cérebro de uma criança se transforma em gelatina ou goma de mascar, ela também tem o direito de dizer que não mexam com ela.

Que a deixem dormir e virar uma tripa rosada e escamosa.

Eles fazem o contrário, me tiram da cama e me forçam a grudar em todos os lugares. Meu corpo se espalha pela casa, deixando um pedaço de mim nos lençóis, nos tênis, no banheiro e no uniforme escolar. Sinto náuseas. Quero que minha boca vomite meu cérebro de uma vez por todas, para não pensar nele se transformando numa baba espessa e doentia.

Quando o cérebro de uma garota vira mingau, não só seu corpo ferve, como um caldo de bola que, ao ser derramado, pode queimar um povoado inteiro, mas seus pensamentos por dentro também dançam uma dança assassina, destruindo-a. Tudo o que a garota pensa vira um coágulo que rola lentamente pelo chão da casa.

Meu cérebro é um cão-coágulo e a escola não ajuda em nada: há cadeiras vazias, garotas que chegam desgrenhadas, sujas e preguiçosas, fungando porque os pais acabaram de se despedir delas para irem para a Espanha; meninas que não voltam à escola porque a mãe decidiu levá-las para a Europa, talvez para a Espanha ou Suíça. Há outras garotas que contam histórias da mãe indo para Atacames procurar um marido gringo ou dizendo minha mami me contou que quando eu crescer vai me levar para Same, porque muitos gringos vão lá.

E o que significa quando sua mãe te leva para Same para ver gringos? Ou existe um determinado espaço para avistar gringos como baleias? Imagino a areia de Same cheia de corpos, ou melhor, bolas de carne humana espalhadas por todo lado, enquanto as mães, com óculos de visão longa, apontam, mostrando às filhas a gringada que acaba de chegar ao país estremecida pela palavra crise, isso sai como um zumbido do rádio. Noite e dia, a nova rumba que se dança na rádio é a crise.

A crise e a rádio contando histórias sobre barcos com migrantes equatorianos que fugiram escabrosamente e desapareceram para sempre rumo ao cinza opaco do mar a caminho dos Estados Unidos. A crise e uma horda de equatorianos atravessando a fronteira da Guatemala para entrar nos Estados Unidos. A crise e as crianças em frente à rua principal, crianças às quais nunca dão banho nem cuidam, como diz a mamãe Nela, abandonadas pelos pais que partiram, talvez para o Chile ou para os Estados Unidos. Crise,

crise

crise

Feriado, mas aqui não há feira nem alegria, só morte na rádio, pessoas saltando de prédios na capital e em Guayaquil, uma multidão assumindo a rua como o único foco possível.

Meu cérebro é um coágulo e a rua não ajuda: há filas para comprar leite, filas para comprar pão, filas fora dos bancos. Choro fora dos bancos, gente queimando pneus fora dos bancos, pneus queimados dentro dos bancos. Meu papi Manuel e minha mami Checho vestem roupas largas, põem bandeiras vermelhas no rosto e saem para queimar pneus também. Eles queimam lixo e quebram pedaços de calçada para jogá-los dentro dos bancos e na polícia. As ruas são uma fotografia queimando para sempre.

Às vezes vou com eles e levanto os punhos sem saber o que está acontecendo, mas não me importo muito em não saber o efeito colapso da palavra crise vinda da rádio, não dá tempo, aparentemente, de sentar e falar bem sobre o que aconteceu, mas faço parte do grupo, do grito, da luta: isso me basta.

Meu cérebro é um coágulo e os amigos da minha mami Checho que vêm convencê-la que se vá de uma vez trabalhar em Madri não ajudam: sem minha mami Checho tudo desabaria, meu papi Manuel cairia antes de qualquer coisa, a cabeça dele rolaria desesperada por toda a rua México, sua cabeça enfeitaria o município em chamas, sua cabeça serviria de alimento para os urubus que comem lixo no centro da cidade. Não imagino a vida sem minha mami Checho. Penso na partida dela e não consigo parar de tremer.

Meu cérebro é um coágulo e a ausência das minhas manas, que agora estão trabalhando, não ajuda. Minhas manas voltam cansadas e não há brincadeiras nem fantasias de bruxa, nem leituras na rede, nem bonecas ou vozes de divas chilenas ou espanholas vindas da rádio. Minhas manas começaram a crescer e não sei mais me movimentar pela casa sem as mãos delas.

Crescer é bater o cérebro no liquidificador de ossos chamado crânio.

Nesses dias confusos, meu papi Manuel nos levou num sábado de manhã para ver baleias. Fiquei feliz que a observação de baleias tenha acontecido em setembro, porque é meu aniversário, as baleias terem vindo para a costa da minha casa naquele mesmo mês foi um presente do caralho para mim.

O papai Manuel vendeu a caminhonete para um árabe recém-chegado que abriu um restaurante em frente à praia, veio com um velho mecânico da cova dos leões e comprou por alguns dólares, que é a nova forma que teremos de acomodar a comida e a vida, a existência agora é feita de dólares.

Foi a primeira vez que o vi chorar, soluçar e engasgar desesperadamente no móvel da casa da mamãe Nela. O choro dos papis e das mamis é uma música que gruda no seu peito e o ancora como uma lancha no cais de uma ilha sem mapa, um som que quebra seus ossos e aninha seus papis e suas mamis entre os pedaços quebrados para sempre.

O papai Manuel comprou um carro horrível, uma lata-velha marrom que também tem um som doentio, um engasgo escandaloso que aparentemente o persegue, mas funciona de transporte para ele, minha mãe Checho, minha maninha e eu pela cidade e pelas praias. Comprou quase com relutância de um colega da sua empresa que vendeu tudo, incluindo seu trabalho como eletricista para ir comer merda em Madri. Meu papi Manuel falou para ele, quando veio deixar o carro na casa da mamãe Nela, colega, fala sério, como você pode ser tão teimoso, tendo seu emprego, você vai limpar a merda desses filhos da puta. O homem agarrou as notas verdes desesperado e enfiou-as na carteira no bolso direito da calça. Não o vimos mais.

Subimos numa manhã de sábado em direção ao Sul, às praias dos serranos mais jovens. Não é que essas praias sejam na serra, pelo contrário, estão na nossa terra, mas quando você chega lá, não se sente em casa. Há sotaques diferentes e corpos vermelhos cremosos, como os das crianças monstruosas da capital.

Estacionamos o carro no calçadão da Súa, que tem uma longa rua repleta de barracas de roupas de praia: biquínis azul-claros e brancos, chapéus de palha falsa e cangas com palmeiras e pôr do sol desenhados no tecido. Naquele dia, a praia da Súa estava com um verde lindo e o sol mostrava mais de perto a diferença entre o mar e o braço de água doce que deságua na praia. Entramos num barco de pesca. O barqueiro me perguntou se eu estava com medo e eu, ofendida, gritei com ele, o que que o senhor tem? Eu nasci em cima dos barcos, sou de Limones. Meu papi Manuel e o barqueiro riram, mas a mami Checho me olhou com raiva. Ela está determinada a fazer de mim uma mocinha, e as mocinhas não devem responder dessa forma. Eu deveria ter sorrido feito uma imbecil e ficado de boca fechada, mas não, lá estava eu expressando apaixonadamente minha opinião sobre minha falta de medo.

Eu me desloquei para o fundo do barco, que começou a roncar aos poucos para seguir caminho, para se perder por alguns minutos em busca de uma baleia. Antes de começar, olhei para meu reflexo movediço nas águas verdes do mar da Súa e perguntei o que se vê dentro do mar, é uma minimulher ou o quê? Sou ou não sou uma mulher que treme como uma cápsula de vitamina E refletida no esverdeado da água salgada?

Respirei por alguns segundos.

Algo fervia em mim acima da buceta, eu poderia jurar que um aglomerado de vida estava se expandindo, um não órgão tomando conta da minha respiração para tirar de mim os sinais e torná-los seus para o resto da vida. Algo bate como o coração de um animalzinho, posso sentir o sangue subindo pelas veias do buraco da minha barriga até explodir dois dedos na minha garganta. Em cima do barco, o corpo, sem me perguntar, ganhou impulso por dentro e pulou na água.

Logo o sal invadiu minha cabeça, meu nariz e meu corpo de garota-não-mulher. Eu estava de olhos fechados e senti como se meu sangue e meus ossos fossem se transformar em arraias, sem outra preocupação a não ser mover suas asas cartilaginosas na água. De me movimentar exercendo um voo bem lento até me tirar a vida.

Enquanto me afogava, pensei nas enciclopédias de mapas e animais marinhos que minha mami me trouxe da biblioteca havia alguns meses. Senti que submergia no verde do mar, que em todos os mapas é pintado de azul, tem um pouco de mentira abaixo de tudo que tem uma pintura colorida, até as enciclopédias do mar azul-celeste mentem. Me deixei invadir pela água, talvez na água do mar haja a possibilidade de ser cartilagem e voo, de deixar de viver em pensamentos de borracha que você quer vomitar todos os dias.

A água já entrava pelas narinas do meu nariz, fundindo-se com meu cérebro, quando vi a sombra do meu papi Manuel transformada em peixe, aproximando-se lentamente como se, no impulso de submergir, estivesse na verdade enfiando a mão no corpo do mar. Vinha nadando e gritando na minha direção, como se dissesse ainda não, filha, ainda não é hora de nos deixar, o voo subaquático se faz depois de ser criança; como se dissesse, filha, não seja teimosa, vamos, você não está pronta para voltar para o mar, meu amor; menina linda, o que tem de errado com ela, aonde ela está indo.

Ele agarrou meu corpo com seus braços magros e me levantou forte para que o barqueiro pudesse me subir de volta para o ar.

Minha mami Checho estava chorando com minha maninha nos braços, pedindo, por favor, para voltar para a beira. Eu disse a ela que queria ver as baleias, que estava melhor depois de ter nadado. Meu papi e o barqueiro gritaram, de novo, de tanto rir, e a raiva da minha mãezinha invadiu o mar inteiro.

Saímos para o mar aberto para finalmente ver as baleias de perto.

Seu Óscar, o barqueiro, disse que todos os anos as baleias vêm acasalar nas nossas costas, que o salto de baleias é na verdade uma espécie de namoro. Como quando o macho dança com a fêmea que gosta, não é, meu patrão, ele falou olhando para meu papi. Minha mami mandou ele cuidar do seu vocabulário, amigo, porque tinha crianças ali.

A partir daquele momento, o barqueiro enfiou o rabo entre as pernas e não disse mais nada.

Todos ficamos em silêncio, esperando que acontecesse o milagre do voo das baleias, mas nada aconteceu.

Minha maninha ficou tonta e vomitou o leite de fórmula na fralda de pano que minha mãe tinha no ombro esquerdo. Já que nenhum animal voava mais do que as gaivotas de sempre, seu Óscar ligou o motor Yamaha aos trancos e barrancos para nos levar de volta à costa e o inesperado aconteceu.

A baleia subiu a poucos metros do nosso barco, nós a vimos pular como um jogador de basquete gigante que, ao tentar arremessar a bola, fosse atingido por um tiro ou uma pedrada seca na cabeça.

E assim, como se se deixasse levar pelo vento, começou seu regresso alegre para a água.

O barco balançou para lá e para cá e tivemos de ser fortes para não cair junto com a rainha das baleias, que nos permitiu presenciá-la. Pela primeira vez senti que as orações que fiz para mama Doma estavam surtindo efeito, a mesma baleia, ou talvez outra, ergueu-se novamente acima do horizonte verde brilhante do sol de Súa. A beleza do seu corpo enorme me fez pensar em pular no mar de novo. Em me tornar um pequeno animal aquático e acalmar as novas batidas do coração instaladas dentro de mim. Eu poderia jurar que um coração cresceu em cima da minha buceta. Já tinha sonhado com meu corpo caindo em chamas do alto do morro Gatazo, meu cérebro transformado em purê de batata e o corpo de garota que roda, que se deixa envolver por algo que quebra: era isso.

Meu corpo de garota-não-fêmea precisava abrir caminho sobre o mar violentamente. Como aquele salto de uma baleia enlouquecida pela vontade de foder sua fêmea. Queria ter aquele impulso de erguer um corpo pesado como se estivesse virando uma tortilha numa frigideira de Teflon.

Erguer meus quilos de vida e irromper de novo em cima dessa massa salgada semiverde que é o mar.

Eu precisava sair da minha cabeça, sair da massa cremosa aninhada dentro dos ossos acima do meu pescoço. Meu crânio, uma capa transparente cheia de água viscosa. Meu crânio estava cheio de coágulos e escorpiões podres embebidos em pasta cerebral, o que me impedia de respirar e agitava meu peito.

As baleias continuaram pulando e mugindo como vacas d'água, quis chorar de alegria, mas o que eu precisava mesmo era ter aquele corpo, aquela capacidade de subir e cair na água salgada: era isso.

Corri rápido até a ponta do barco e pulei de novo na água.

Flor de verão

Vi navegar una flor una flor en el verano.
Vi navegar una flor, una flor en el verano,
y en el mar solo se oía su hermoso canto,
era un canto misterioso que las ola'iban llevando,
era un canto misterioso que las ola'iban llevando

Cuando se pierde un amor, el amor que uno más quiere,
cuando se pierde un amor, el amor que uno más quiere,
se desgarra el corazón se desgarra el corazón
y se le hace mil pedazos,
se desgarra el corazón se desgarra el corazón
y se le hace mil pedazos,

hay una'nubes oscuras y después ellas se apartan
divisando que en el cielo, hay bastantes nubes blancas
y así mismo es el amor, cuando se pierde y se acaba
y así mismo es el amor y así mismo es el amor,
cuando se pierde y se acaba
y así mismo es el amor y así mismo es el amor,
cuando se pierde y se acaba
y así mismo es el amor y así mismo es el amor,
cuando se pierde y se acaba.

Em volta da minha cabeça as vozes entoam esse canto de novo e de novo. O hálito das suas bocas gira e regressa de frente para trás, da direita para a esquerda. Suas vozes roucas e desafinadas me embalam, ondulando em círculos como um sonho de sol infinito. O som das suas bocas tem uns choques palpáveis, como grãos de arroz, como café espalhado secando no chão à beira de uma estrada. Vozes granuladas girando continuamente em torno do meu corpo imóvel como um cachorrinho recém-parido:

hay una'nubes oscuras y después ellas se apartan
divisando que en el cielo, hay bastantes nubes blancas
y así mismo es el amor, cuando se pierde y se acaba
y así mismo es el amor y así mismo es el amor,
cuando se pierde y se acaba
y así mismo es el amor y así mismo es el amor,
cuando se pierde y se acaba.[42]

Tudo pode ser uma praia, tudo pode se expandir até um vaivém de uma canoa aportada num cais perdido, num cais balançando sem ser visto por nenhum olho humano, sem que nenhum quadril seja deslocado acima do barco pela maré. É assim que deve ser a sensação de morrer: o vaivém de uma rede de água que provoca lágrimas, o latejar na garganta e a pulsação na barriga. Um ir e vir não ouvido pelo ou-

---

[41] "Eu vi uma flor navegar, uma flor no verão./ Eu vi uma flor navegar, uma flor no verão,/ e no mar só se ouvia seu lindo canto,/ era um canto misterioso que as ondas iam levando,/ era um canto misterioso que as ondas iam levando// Quando você perde um amor, o amor que você mais ama,/ quando você perde um amor, o amor que você mais ama,/ seu coração se quebra, seu coração se quebra/ se quebra em mil pedaços,/ seu coração se quebra, seu coração se quebra/ se quebra em mil pedaços.// tem umas nuvens escuras e depois elas se afastam,/ percebendo que no céu tem muitas nuvens brancas/ e o amor é assim mesmo, quando se perde e acaba / e o amor é assim mesmo, e o amor é assim mesmo/ quando se perde e acaba." "Flor de verano", Papá Roncón & Katanga. (N.T.)

vido, mas num lugar já não próximo onde nasce um ouvido invisível criado entre os corpos cantarolando a despedida da vida para acolher a morte. Como quando você mergulha a cabeça na água e ao longe alguém canta seu nome: um Ainhoaaaa interrompido pelas bolhas de ar que granulam as vozes das cantoras. Aos poucos reconheço os rostos, posso vê-los por trás desse excesso de claridade. Uma nova brancura vivendo nos meus olhos de cavalo, um amanhecer leitoso de folhas e nuvens amontoadas tingidas pelo assobio da brisa. Sei que estão próximas, unidas a mim por um músculo de carne impossível de tocar. A cabeça coberta por uma meia de náilon da minha mami Checho, a cabeça coberta com um pano vermelho da minha mana Antonia, a cabeça trançada da minha mana Tita, a cabeça quase sem cabelo da Noris e as tranças prateadas com conchas que pendem do pescoço da Sabrosura.

Sei que estamos no quintal da mamãe Nela porque, apesar da brancura e dos raios que brilham nos meus olhos, vejo ao fundo das cabeças meu pé de goiaba. Algumas frutinhas ao longe acenando, verdejando e desejando sorte. Quero me mexer, me abrir ereta para entender a inauguração do meu velório no quintal, mas não consigo, embaixo do meu corpo um cobertor me impede de sentir diretamente a terra, porém as pedrinhas e os bichos passam por cima de mim, tocam minha pele anunciando sua presença. Abro a boca e o que sai é uma névoa que não mastiga o som verdadeiro da palavra, faço um esforço para tentar me sentar, mas me sento sozinha acima da minha cabeça, meu corpo não escuta a razão.

Com a língua seca, lambo a boca e acima do lábio superior sinto gotas de suor amargo, caiu um cavalo, um cavalo se quebrou inteiro dentro da minha cabeça.

A Sabrosura se agacha como se viesse de outra dimensão, com um gesto muito lento que me invade de vertigem, nessa lentidão da nova forma na qual se movem as vozes e os corpos, consigo ver melhor o rosto da Sabrosura como uma tigela de doce de leite que se põe ao sol, brilhante, lustrosa, sem suor nem manchas, seus olhos pretos vindos de fora da terra e a cor roxa da sua voz granulando um fique tranquila, meu amor, não se levante, filha, que a coisa ainda está quente, está quentinha, meu amor, meu deus, ah, minha pequena, meu deus.

Sua voz entra lentamente na minha boca, mas não me pulsa mais a vida dentro da vida, mais além uma tina marrom e uma nuvem de fumaça onde vejo um ramo de camomila queimando. Abaixo do meu umbigo um inchaço aparece aos poucos, segundo a segundo, algo incha entre minhas pernas, quero desenhar um olho dois dedos abaixo da buceta para ver esse derramamento de perto. Eu tusso uma espuma branca que tem gosto de saliva, laranja e som de cachaça envelhecida. Segundo a segundo, um inchaço líquido continua descendo pelas minhas pernas. Uma batida mínima também se expande no meu peito, abaixo da gaiola de ossos que protege meu coração parado. Desce, desce, e entendo que se nasci de uma mami de água, sou mais água do que fedentina, mais água do que corpo de carne. Então me desaguo e agonizo como um bagre recém-saído da água, viscoso por fora, com olhos e pele vidrados.

Dentro da água que não para de descer, meu corpo é uma bandeja de vidro, um globo de vidro preso por alguns fios soltos. Eu poderia jurar que hoje a vida cai de dentro de mim, minha buceta cai e eu me assusto porque sei que é a única coisa que minha mami Checho não aprendeu a curar, a única coisa que ficou inacabada de tudo o que a mama Doma ensinou. Minha Chechito só sabe o nome das ervas, mas não sabe cozinhá-las nem esmagá-las, ela não sabe se devem ser dadas para beber ou se ela mesma deve passá-las, com suas mãos de limpadora de livros, diretamente na buceta caída. E a água não sai mais só de baixo, mas dos meus olhos, os rios de dentro de mim escapam trêmulos, e eu reclamo. Grito para dentro e ouço ao longe o choro da minha mami Checho, escarrando a água e gritando filha, ah, filha, Deus, por que você permitiu?, Deus, por que minha filhinha?, meu Deus, por que permitiu isso?

Mas o choro é abafado pelo conjunto das cabeças ao meu redor, na mão da Sabrosura que está costurada à minha mão como se nossa pele não tivesse contornos. O que dói e sai me faz imaginar as carnes e as águas das minhas manas e da Sabrosura como uma só carne, como a plastilina que mistura e derrete suas cores para se tornar uma massa maior, mais poderosa e precisa. Um rio vai secando entre minhas pernas. Uma crosta vai endurecendo por baixo daquela que foi a primeira água entre minhas pernas e agora parece cimento de contato africano grudado nas minhas coxas.

A cor das coisas ao redor também queima, o pé de goiaba queima, minhas pernas estão pegando fogo com esse mijo infinito que não posso olhar de perto porque mal respiro e desaguo pelos olhos. Faz calor, suo, mas dos pulsos aos dedos está tudo congelado, tenho certeza de que se minhas mãos tivessem dentes estariam engolindo como máquinas de mascar infinitas.

Me desaguo, me embalo por dentro.
Essa deve ser a sensação de morrer.

As cabeças soluçam, mas continuam cantando.

Conheça a seleção de músicas feita por Yuliana
Ortiz Ruano para — e sobre — *Febre de carnaval*:

Este livro foi editado pela Bazar do Tempo
na cidade de São Sebastião do Rio de Janeiro
em outubro de 2024 e impresso em papel
Polén Natural 80 g/m² pela gráfica Leograf.
Ele foi composto com as tipografias
Lygia Regular e Field Gothic.